dtv

Als junger Polizist in Malmö findet Kurt Wallander eines Tages seinen Nachbarn tot in dessen Wohnung liegen – einen Revolver neben sich. Für seine Kollegen von der Kriminalpolizei sieht das nach einem Routinefall aus, doch Wallander glaubt bald nicht mehr an einen Selbstmord. Er beginnt auf eigene Faust zu recherchieren – auch auf die Gefahr hin, von seinem sehr eigenwilligen Vater gänzlich abgeschrieben zu werden und die Geduld seiner geliebten Mona aufs Äußerste zu strapazieren ...

Henning Mankell, geboren 1948 in Härjedalen, ist einer der angesehensten und meistgelesenen schwedischen Schriftsteller. Er lebt als Theaterregisseur und Autor abwechselnd in Maputo/Mosambik und in Schweden. Mit Kurt Wallander schuf er einen der weltweit beliebtesten Kommissare. Mehr unter: www.mankell.de

Henning Mankell

Wallanders erster Fall

Eine Erzählung

Aus dem Schwedischen von
Wolfgang Butt

Deutscher Taschenbuch Verlag

Von Henning Mankell
sind als dtv großdruck erschienen:
Die Pyramide (25216)
Der Chronist der Winde (25242)
Der Tod des Fotografen (25254)
Der Mann am Strand (25283)
Das Auge des Leoparden (25290)
Die italienischen Schuhe (25345)
Kennedys Hirn (25354)

**Ausführliche Informationen über
unsere Autoren und Bücher
finden Sie auf unserer Website
www.dtv.de**

5. Auflage 2014
2007 Deutscher Taschenbuch Verlag GmbH & Co. KG,
München
Die vorliegende Geschichte wurde entnommen aus:
›Wallanders erster Fall und andere Erzählungen‹
Lizenzausgabe mit Genehmigung des Paul Zsolnay Verlags
© 1999 Henning Mankell
Titel der schwedischen Originalausgabe:
›Pyramiden‹ (Ordfront Verlag, Stockholm 1999)
© 2002 der deutschsprachigen Ausgabe:
Paul Zsolnay Verlag, Wien
Umschlagkonzept: Balk & Brumshagen
Umschlaggestaltung: Claudia Danners
unter Verwendung des Gemäldes ›Boreas‹ (1903) von
John William Waterhouse (Christie's Images Ltd.)
Gesetzt aus der Stempel Garamond 13/16˙ (QuarkXPress)
Gesamtherstellung: Druckerei C. H. Beck, Nördlingen
Gedruckt auf säurefreiem, chlorfrei gebleichtem Papier
Printed in Germany · ISBN 978-3-423-25270-6

I

Am Anfang war alles nur ein Nebel.

Ein dickflüssiges Meer, in dem alles weiß und still war. Eine Landschaft des Todes. Das war auch das erste, was Kurt Wallander dachte, als er langsam wieder zur Oberfläche aufstieg. Daß er schon tot war. Er war nur einundzwanzig Jahre alt geworden. Ein junger Polizist, kaum erwachsen. Ein fremder Mann mit einem Messer war auf ihn zugestürzt, und er hatte keine Chance gehabt, sich zur Seite zu werfen.

Dann war nur der weiße Nebel dagewesen. Und das Schweigen.

Langsam erwachte er – langsam kehrte er ins Leben zurück. In seinem Kopf wirbelten unklare Gedanken. Er versuchte sie im Flug zu fangen, wie man Schmetterlinge fängt, aber die Bilder entglitten ihm, und nur mit äußerster Mühe gelang es ihm zu rekonstruieren, was eigentlich geschehen war...

Wallander hatte frei. Es war der 3. Juni 1969, und er hatte Mona gerade zu einem der Dänemarkboote gebracht. Nicht zu einem der neuen, dieser Tragflächenboote, sondern einem von den alten, auf denen man während der Überfahrt nach Kopenhagen immer noch Zeit für eine ordentliche Mahlzeit hatte. Sie wollte eine Freundin treffen. Sie wollten vielleicht in den Tivoli gehen, aber hauptsächlich in Modegeschäfte. Wallander wäre gern mitgekommen, denn er hatte frei. Aber Mona hatte nein gesagt. Die Reise war nur für sie und ihre Freundin gedacht. Sie wollten keine Männer dabeihaben.

Jetzt sah er das Schiff durch die Hafenausfahrt verschwinden. Mona würde am Abend zurückkommen, und er hatte ihr versprochen, sie abzuholen. Wenn das gute Wetter sich hielt, würden sie einen Spaziergang machen und dann in seine Wohnung draußen in Rosengård gehen.

Wallander merkte, daß allein der Gedanke ihn erregte. Er strich sich über die Hose und ging schräg über die Straße zum Bahnhofsgebäude. Dort kaufte er ein Päckchen Zigaretten, wie üblich John Silver, und zündete sich eine an, noch bevor er den Bahnhof wieder verließ.

Wallander hatte keine Pläne für diesen Tag. Es war ein Dienstag, und er hatte frei. Er hatte viele Überstunden angesammelt, vor allem wegen der großen und ständig wiederkehrenden Demonstrationen in Lund und Malmö. In Malmö war es zu Konfrontationen gekommen. Wallander war die ganze Situation zuwider gewesen. Was er selbst über die Forderungen der Demonstranten dachte, daß die USA aus Vietnam verschwinden sollten, wußte er nicht. Am Tag zuvor hatte er versucht, mit Mona darüber zu reden, doch sie hatte nichts anderes zu sagen gewußt, als daß die Demonstranten nur auf Randale aus waren. Als Wallander nicht klein beigab und meinte, daß es kaum richtig sein konnte, wenn die größte Kriegsmacht der Welt ein armes Bauernland in Asien bombardierte, oder zurück in die Steinzeit bombte, wie ein amerikanischer hoher Militär einer Zeitung zufolge gesagt hatte, da hatte sie zurückgeschlagen und gesagt, sie habe nicht die Absicht, sich mit einem Kommunisten zu verheiraten.

Wallander war verstummt. Eine Fortsetzung der Diskussion war ausgeblieben. Denn daß Mona die Frau war, die er heiraten wollte, davon war er überzeugt. Mona mit den hellbraunen Haaren, der spitzen Nase und dem schmalen Kinn war vielleicht nicht das schönste Mädchen, das er in seinem Leben getroffen hatte, aber dennoch war sie es, die er haben wollte.

Sie waren sich im vergangenen Jahr begegnet. Davor war Wallander über ein Jahr mit einem Mädchen namens Helena zusammengewesen, das bei einer Spedition in der Stadt arbeitete. Plötzlich, eines Tages, hatte sie ihm einfach eröffnet, daß es vorbei sei mit ihnen, da sie einen anderen gefunden habe. Wallander war zuerst sprachlos gewesen. Danach hatte er ein ganzes Wochenende in seiner Wohnung gesessen und geheult. Er war außer sich gewesen vor Eifersucht und war, nachdem es ihm gelungen war, seine Tränen zu trocknen, zum Hauptbahnhof hinuntergefahren und hatte in der Kneipe dort viel zuviel getrunken. Dann war er wieder nach Hause gefahren und hatte weitergeheult. Wenn er jetzt an der Bahnhofskneipe vorbeikam, schauderte es ihn. Er würde nie wieder einen Fuß da hineinsetzen.

Es waren ein paar schwere Monate gefolgt, in denen Wallander versucht hatte, Helena dazu zu bewegen, zu ihm zurückzukommen. Aber sie hatte ihn knallhart abgewiesen und war am Schluß über seine Hartnäckigkeit so verärgert gewesen, daß sie ihm gedroht hatte, ihn bei der Polizei anzuzeigen. Da hatte Wallander sich zurückgezogen. Und sonderbarerweise war es ihm nicht einmal schwergefallen. Sollte Helena ihren neuen Kerl doch in Frieden behalten. Das war an einem Freitag gewesen.

Am gleichen Abend fuhr er über den Öresund, und auf der Rückreise von Kopenhagen landete er neben einem Mädchen, das Mona hieß und strickte.

In Gedanken verloren spazierte Wallander durch die Stadt. Er fragte sich, was Mona und ihre Freundin gerade machten. Anschließend kreisten seine Gedanken um die Ereignisse der vergangenen Woche. Die Demonstrationen, die ausgeartet waren. Fragte sich, ob es seine eigenen Vorgesetzten waren, die es nicht geschafft hatten, die Situation korrekt zu beurteilen. Wallander hatte einer improvisierten Einsatztruppe angehört, die sich im Hintergrund in Reserve halten sollte. Man hatte sie erst herbeigerufen, als die Krawalle bereits in vollem Gange gewesen waren. Was wiederum nur dazu geführt hatte, daß sich die Situation noch weiter zuspitzte.

Der einzige, mit dem Wallander wirklich versucht hatte, über Politik zu diskutieren, war sein Vater. Er war sechzig Jahre alt und hatte vor kurzem beschlossen, nach Österlen zu ziehen. Sein Vater war ein launischer Mann, und Wallander wußte nie, woran er mit ihm war. Vor allem, seit er einmal so wütend geworden war, daß er fast die Verwandtschaft mit seinem Sohn aufgekündigt hätte. Das war vor ein paar Jahren gewesen, als Wallander nach Hause gekommen war und ihm mitgeteilt hatte, daß er Polizist werden wollte. Der Vater hatte in seinem Atelier gesessen, das nach Ölfarben und Kaffee roch. Er hatte Wallander einen Pinsel an den Kopf geworfen und ihn aufgefordert, zu verschwinden und nie wieder zurückzukehren. Einen Polizisten würde er in der Familie nicht dulden. Es war zu einem heftigen Streit gekommen, aber Wallander hatte sich behauptet. Er wollte Polizist werden, und auch noch so viele ihm an den Kopf geworfene Pinsel würden nichts daran ändern. Plötzlich hatte der Streit aufgehört. Sein Vater hatte sich in ein feindliches Schweigen zurückgezogen und sich wieder vor seine Staffelei gesetzt. Dann hatte er damit begonnen, mit Hilfe einer Schablone einen Auerhahn zu zeichnen. Er malte immer das gleiche Motiv: eine Waldlandschaft, die dadurch variiert wurde, daß er manchmal einen Auerhahn hineinmalte.

Wallander runzelte die Stirn, als er an seinen Vater dachte. Zu einer richtigen Versöhnung war es nie gekommen. Aber jetzt sprachen sie wenigstens wieder miteinander. Wallander hatte sich oft gefragt, wie seine Mutter, die gestorben war, als er in der Polizeiausbildung war, ihren Mann hatte ertragen können. Seine Schwester Kristina war klug genug gewesen, von zu Hause auszuziehen, sobald sie konnte. Sie lebte jetzt in Stockholm.

Es war zehn Uhr geworden. Nur ein schwacher Wind wehte durch Malmös Straßen. Wallander ging in ein Café neben dem Kaufhaus NK. Er bestellte Kaffee und ein belegtes Brot, blätterte in ›Arbetet‹ und ›Sydsvenskan‹. In beiden Zeitungen gab es Leserbriefe von Menschen, die das Verhalten der Polizei im Zusammenhang mit den Demonstrationen lobten oder tadelten. Wallander überblätterte sie schnell. Er brachte es nicht über sich, sie zu lesen. Er hoffte, in Zukunft um Einsätze wie diesen gegen Demonstranten herumzukommen. Er wollte zur Kriminalpolizei. Es war von Anfang an sein Ziel gewesen, und er hatte nie ein Geheimnis daraus gemacht. In wenigen Monaten würde er in einer der Abteilungen anfangen, die sich mit der Aufklärung von Gewaltverbrechen und schwerwiegenden Sittlichkeitsverbrechen beschäftigten.

Plötzlich stand jemand vor ihm. Wallander hatte die Kaffeetasse in der Hand. Er blickte auf. Es war ein Mädchen, um die siebzehn, mit langen Haaren. Sie war sehr blaß und starrte ihn wütend an. Dann beugte sie sich vor, so daß die Haare ihr ins Gesicht fielen, und hielt ihm ihren Nacken hin. »Hier«, sagte sie, »hier hast du mich geschlagen.«

Wallander stellte die Tasse ab. Er verstand gar nichts. Sie hatte sich wieder aufgerichtet.

»Ich verstehe nicht richtig, was du meinst«, sagte Wallander.

»Du bist doch Polizist, oder?«

»Ja.«

»Also warst du dabei und hast auf uns Demonstranten eingeschlagen.«

Jetzt verstand Wallander. Sie hatte ihn wiedererkannt, obwohl er keine Uniform trug.

»Ich habe niemanden geschlagen«, erwiderte er.

»Spielt es denn eine Rolle, wer den Schlagstock in der Hand hat? Du warst da. Und du hast auf uns eingeschlagen.«

»Ihr habt die Demonstrationsvorschriften übertreten«, erwiderte Wallander und hörte selbst, wie hoffnungslos seine Worte klangen.

»Ich finde alle Bullen zum Kotzen«, sagte sie. »Ich hatte eigentlich vor, hier Kaffee zu trinken, aber jetzt gehe ich lieber woandershin.«

Dann war sie weg. Die Serviererin hinter der Theke betrachtete Wallander streng. Als sei er schuld daran, daß ihr ein Gast entging.

Wallander bezahlte und verließ das Café. Das belegte Brot ließ er halb gegessen liegen. Die Begegnung mit dem Mädchen hatte ihn verunsichert. Plötzlich hatte er das Gefühl, daß alle auf der Straße ihn anstarrten. Als trüge er seine Uniform. Nicht die dunkelblaue Hose, das helle Hemd und die grüne Jacke.

Ich muß von der Straße weg, dachte er. In ein Büro. In die Sitzungen der Ermittlungsgruppen. Direkt zu den Tatorten. Nur keine Demonstrationen mehr. Sonst lasse ich mich krank schreiben.

Er ging schneller. Überlegte, ob er den Bus hinaus nach Rosengård nehmen sollte. Sagte sich dann aber, daß er Bewegung brauchte. Gerade jetzt wollte er in erster Linie unsichtbar sein und mit niemandem zusammentreffen, den er kannte. Aber natürlich lief er vor dem Volkspark seinem Vater direkt in die Arme. Der schleppte sich mit einem seiner Bilder ab, das in braunes Papier eingeschlagen war. Wallander hatte auf den Boden gestarrt und ihn so spät entdeckt, daß er sich nicht mehr unbemerkt abwenden konnte. Der Vater trug eine eigenartige Mütze und einen dicken Mantel.

Darunter eine Art Trainingsanzug und Turnschuhe ohne Strümpfe. Wallander stöhnte innerlich. Er sieht aus wie ein Landstreicher, dachte er. Warum kann er sich nicht zumindest anständig anziehen?

Der Vater stellte das Bild ab und stöhnte. »Warum trägst du keine Uniform?« fragte er, ohne zu grüßen. »Bist du nicht mehr bei der Polizei?«

»Ich habe heute frei.«

»Ich dachte, Polizisten sind immer im Dienst. Um uns vor allem Bösen zu bewahren.«

Wallander konnte seine Wut gerade noch beherrschen. »Warum trägst du einen Wintermantel?« fragte er statt dessen. »Wir haben zwanzig Grad Wärme.«

»Schon möglich«, erwiderte der Vater, »aber ich halte mich dadurch gesund und frisch, daß ich viel schwitze. Das solltest du auch tun.«

»Man kann doch nicht im Sommer mit einem Wintermantel herumlaufen.«

»Na, dann mußt du wohl krank werden.«

»Ich bin doch nie krank.«

»Noch nicht. Aber das kommt.«

ßt du eigentlich, wie du aussiehst?«
 pflege meine Zeit nicht damit zu ver-
:n, daß ich mich im Spiegel betrachte.«
)u kannst doch im Juni keine Winter-
:ze tragen!«
»Versuch nur, sie mir abzunehmen, wenn du
 wagst. Dann zeige ich dich wegen Mißhand-
ung an! Ich nehme im übrigen an, daß du auch
dabeigewesen bist und Demonstranten ver-
prügelt hast.«

Jetzt er nicht auch noch, dachte Wallander. Das darf doch nicht wahr sein. Er hat sich doch nie für politische Fragen interessiert. Auch wenn ich versucht habe, mit ihm darüber zu diskutieren.

Aber Wallander irrte sich. »Jeder anständige Mensch muß diesen Krieg verurteilen«, sagte der Vater entschieden.

»Und jeder Mensch muß seine Arbeit tun«, erwiderte Wallander mit mühsam bewahrter Ruhe.

»Du weißt, was ich dir gesagt habe. Du hättest nie Polizist werden sollen. Aber du wolltest ja nicht auf mich hören. Jetzt siehst du mal, was dabei herauskommt. Schlägst unschuldigen kleinen Kindern mit Knüppeln auf den Kopf.«

»Ich habe keinen verdammten Menschen in meinem ganzen Leben je geschlagen«, erwiderte Wallander plötzlich richtig empört. »Außerdem benutzen wir keine Knüppel, sondern Schlagstöcke. Wo willst du denn mit dem Bild hin?«

»Ich will es gegen einen Luftbefeuchter tauschen.«

»Und was willst du mit einem Luftbefeuchter?«

»Den will ich gegen eine neue Matratze tauschen. Die, die ich jetzt habe, ist durchgelegen. Ich kriege Rückenschmerzen davon.«

Wallander wußte, daß sein Vater häufig in seltsame Transaktionen verwickelt war, bei denen die Ware, die er brauchte, viele Stationen durchlief, bevor sie endlich in seinen Händen landete.

»Willst du, daß ich dir helfe?« fragte Wallander.

»Ich brauche keine Polizeibewachung. Aber du könntest ruhig mal abends vorbeikommen und ein bißchen Karten spielen.«

»Ich komme«, erwiderte Wallander, »sobald ich Zeit habe.« Karten spielen, dachte er. Das letzte, was uns noch verbindet.

Der Vater hob das Bild an. »Warum kriege ich eigentlich keine Enkelkinder?« fragte er. Aber er wartete nicht auf die Antwort, sondern ging davon.

Wallander blickte ihm nach. Dachte, daß es gut war, daß der Vater jetzt nach Österlen zog. Dann riskierte er nicht mehr, ihm jederzeit über den Weg zu laufen.

Wallander wohnte in einem alten Haus in Rosengård. Das ganze Viertel war ständig vom Abriß bedroht, aber er fühlte sich hier wohl. Auch wenn Mona ihm gesagt hatte, daß sie in einem anderen Viertel wohnen wollte, falls sie heiraten sollten. Wallanders Wohnung bestand aus einem Zimmer, Küche und einem engen Bad. Es war seine erste eigene Wohnung. Die Möbel hatte er auf Auktionen und bei Trödlern erstanden. An den Wänden hingen Plakate. Mit Blumenmotiven oder Paradiesinseln. Weil der Vater zwischendurch zu Besuch kam, hatte er notgedrungen eine seiner Landschaften an der Wand über dem Sofa aufgehängt. Er hatte eine ohne Auerhahn gewählt.

Aber das wichtigste im Zimmer war das Grammophon. Wallander hatte nicht viele Platten. Und es waren fast nur Opernplatten. Wenn er einmal Kollegen bei sich zu Besuch hatte, fragten sie ihn jedesmal, wie er sich solche Musik anhören könne. Deshalb hatte er außerdem ein paar andere Platten gekauft, um sie bei solchen Anlässen parat zu haben. Aus irgendeinem ihm unbekannten Grund begeisterten sich viele Polizisten für Roy Orbison.

Um kurz nach eins hatte er gegessen, Kaffee getrunken und das Gröbste geputzt. Dabei hatte er eine Platte mit Jussi Björling gehört. Es war seine erste Platte gewesen. Sie war inzwischen völlig verkratzt, aber er hatte oft gedacht, daß er sie als erstes retten würde, wenn plötzlich im Haus ein Brand ausbräche.

Er hatte die Platte gerade zum zweitenmal aufgelegt, als es an der Decke klopfte. Wallander drehte die Lautstärke herunter. Über ihm wohnte eine Rentnerin, die früher ein Blumengeschäft gehabt hatte. Sie hieß Linnea Almqvist. Wenn sie meinte, daß er seine Musik zu laut spielte, dann klopfte sie auf den Fußboden, und er stellte gehorsam das Grammophon leiser. Das Fenster stand offen. Die Gardine, die Mona aufgehängt hatte, wehte im Wind. Er legte sich aufs Bett. Er fühlte sich müde und faul. Es war gut, einmal richtig auszuspannen. Er blätterte in einer Nummer des ›Playboy‹. Den versteckte er sorgfältig, wenn Mona zu Besuch kam. Kurz danach lag die Zeitschrift auf dem Fußboden, und er war eingeschlafen.

Er erwachte mit einem Ruck. Ein Knallen. Woher es gekommen war, konnte er nicht sagen. Er stand auf und ging in die Küche hinaus, um zu sehen, ob etwas auf den Boden gefallen war. Aber dort war alles in Ordnung. Dann ging er zurück ins Zimmer und schaute aus dem Fenster. Der Hof zwischen den Häusern war verlassen. Ein blauer Overall hing einsam an einer Wäscheleine und bewegte sich leicht im Wind. Wallander war aus einem Traum gerissen worden. Das Mädchen im Café hatte darin eine Rolle gespielt, aber der Traum war unklar und chaotisch gewesen.

Er stand auf und sah auf die Uhr. Viertel vor vier. Er hatte mehr als zwei Stunden geschlafen. Er setzte sich an den Küchentisch und schrieb eine Einkaufsliste. Mona hatte versprochen, aus Kopenhagen etwas zu trinken mitzubringen. Er steckte den Zettel ein, zog die Jacke an und machte die Tür hinter sich zu.

Dann blieb er im Halbdunkel stehen. Die Tür zur Nachbarwohnung war angelehnt. Das wunderte Wallander, weil der Mann, der dort wohnte, sehr scheu war und erst im Mai ein zusätzliches Schloß hatte einbauen lassen. Wallander überlegte, ob er die Sache auf sich beruhen lassen sollte, entschied sich dann aber, anzuklopfen. Der Mann, der allein in der Wohnung lebte, war ein pensionierter Seemann namens Artur Hålén. Er hatte schon im Haus gewohnt, als Wallander eingezogen war. Sie grüßten sich und führten manchmal kurze, nichtssagende Gespräche, wenn sie sich auf der Treppe trafen, aber mehr nicht. Wallander hatte nie gehört oder gesehen, daß Hålén Besuch bekam. Morgens hörte er Radio und abends machte er den Fernseher an. Doch um zehn Uhr war es immer schon still. Wallander hatte ein paarmal darüber nachgedacht, wieviel Hålén wohl von Wallanders Damenbesuchen mitbekam. Von den hitzigen nächtlichen Geräuschen. Aber er hatte ihn nie gefragt.

Wallander klopfte noch einmal. Keine Antwort. Dann öffnete er die Tür und rief. Es war still. Zögernd betrat er den Flur. Es roch muffig. Ein abgestandener Altmännergeruch. Wallander rief noch einmal. Er muß vergessen haben abzuschließen, als er hinausgegangen ist, dachte Wallander. Immerhin ist er über siebzig Jahre alt. Vielleicht ist er vergeßlich geworden.

Wallander warf einen Blick in die Küche. Ein zerknüllter Tippzettel lag auf dem Wachstuch neben einer Kaffeetasse. Dann zog er den Vorhang zur Seite, der die Küche vom Zimmer trennte. Er zuckte zusammen. Hålén lag auf dem Fußboden. Das weiße Hemd war blutverschmiert. Neben der einen Hand lag ein Revolver.

Der Knall, dachte Wallander. Ich habe einen Schuß gehört. Er spürte, wie ihm schlecht wurde. Er hatte schon viele tote Menschen gesehen. Ertrunkene und Erhängte. Menschen, die verbrannt oder bei Verkehrsunfällen bis zur Unkenntlichkeit entstellt worden waren. Aber noch immer hatte er sich nicht daran gewöhnt.

Er blickte sich im Zimmer um. Håléns Wohnung war spiegelverkehrt zu seiner eigenen. Die Möbel machten einen ärmlichen Eindruck. Keine Blumen, kein Zierat. Das Bett war ungemacht.

Wallander betrachtete den Körper. Hålén mußte sich in die Brust geschossen haben. Er war tot. Wallander brauchte ihm nicht den Puls zu fühlen, um das feststellen zu können. Er kehrte hastig in seine eigene Wohnung zurück und rief die Polizei an. Sagte, wer er war, und berichtete, was passiert war. Dann ging er auf die Straße und wartete auf die Streifenwagen.

Polizei und Krankenwagen trafen fast gleichzeitig ein. Wallander nickte den Männern zu, als sie aus den Fahrzeugen stiegen. Er kannte sie alle.

»Was hast du denn hier gefunden?« fragte einer der Streifenpolizisten. Er hieß Sven Svensson, stammte aus Landskrona und wurde nie anders als Stachel genannt, seit er einmal bei der Jagd nach einem Einbrecher in eine Dornenhecke gefallen war und anschließend eine Anzahl von Stacheln im Unterleib gehabt hatte.

»Mein Nachbar«, erwiderte Wallander. »Er hat sich erschossen.«

»Hemberg ist schon auf dem Weg«, sagte Stachel. »Die Kriminalpolizei soll sich das einmal ansehen.«

Wallander nickte. Er wußte Bescheid. Todesfälle in der eigenen Wohnung, wie natürlich sie auch wirken mochten, mußten stets von der Polizei untersucht werden.

Hemberg war ein Mann mit einem gewissen Ruf. Einem nicht ausschließlich positiven. Er konnte leicht aufbrausen und gegenüber seinen Mitarbeitern sehr unangenehm werden. Aber gleichzeitig war er in seinem Beruf eine solche Kapazität, daß niemand etwas gegen ihn zu sagen wagte.

Wallander merkte, daß er nervös wurde. Hatte er einen Fehler gemacht? Hemberg würde es augenblicklich bemerken und darauf herumhacken. Und es war Kriminalkommissar Hemberg, bei dem Wallander arbeiten würde, sobald seine Versetzung beschlossen war.

Wallander blieb auf der Straße stehen und wartete.

Ein dunkler Volvo hielt am Straßenrand.

Hemberg stieg aus. Er war allein. Es dauerte ein paar Sekunden, bis er Wallander erkannte. »Was machst du denn hier, zum Teufel?« fragte er.

»Ich wohne hier«, erwiderte Wallander. »Es ist mein Nachbar, der sich erschossen hat. Ich habe euch gerufen.«

Hemberg hob interessiert die Augenbrauen. »Hast du ihn gesehen?«

»Wie, gesehen?«

»Hast du gesehen, wie er sich erschossen hat?«

»Natürlich nicht.«

»Wie kannst du dann wissen, daß es Selbstmord war?«

»Die Waffe liegt neben der Leiche.«

»Na und?«

Wallander wußte nicht, was er antworten sollte.

»Du mußt lernen, die richtigen Fragen zu stellen, wenn du als Kriminalpolizist arbeiten willst«, sagte Hemberg. »Ich habe schon genug Leute, die nicht richtig denken können. Noch einen von der Sorte kann ich nicht brauchen.«

Doch dann schaltete er um und wurde

freundlicher. »Wenn du sagst, daß es Selbstmord war, dann war es das wohl auch. Wo ist er?«

Wallander zeigte auf die Tür. Sie gingen hinein.

Wallander verfolgte Hembergs Arbeitsweise aufmerksam. Sah zu, wie er neben dem Körper in die Hocke ging und mit dem Arzt, der inzwischen eingetroffen war, über das Eintrittsloch der Kugel diskutierte. Betrachtete die Lage der Waffe, die Lage des Körpers, die Lage der Hand. Danach ging er in der Wohnung umher. Untersuchte die Schubfächer im Schreibtisch, die Kleiderschränke und die Kleidung.

Nach einer knappen Stunde war er fertig. Er machte Wallander ein Zeichen, mit hinaus in die Küche zu kommen. »Es war bestimmt Selbstmord«, sagte Hemberg, während er zerstreut den Tippzettel glättete und studierte, der auf dem Tisch lag.

»Ich habe einen Knall gehört«, sagte Wallander. »Das muß der Schuß gewesen sein.«

»Etwas anderes hast du nicht gehört?«

Wallander dachte, daß es am besten wäre, die

Wahrheit zu sagen. »Ich habe einen Mittagsschlaf gemacht«, erwiderte er. »Der Knall hat mich geweckt.«

»Und danach? Keine eiligen Schritte auf der Treppe?«

»Nein.«

»Hast du ihn gekannt?«

Wallander erzählte das wenige, was er wußte.

»Hatte er keine Angehörigen?«

»Nicht soweit ich weiß.«

»Das finden wir schon heraus.«

Hemberg saß einen Moment schweigend da.

»Es gibt keine Familienbilder«, sagte er dann. »Weder auf der Kredenz da drinnen noch an den Wänden. Nichts in den Schubladen. Nur zwei alte Seemannsbücher. Das einzige von Interesse, das ich finden konnte, war ein bunter Käfer, der in eine Dose gestopft war. Größer als ein Baumschröter. Weißt du, was ein Baumschröter ist?«

Wallander wußte es nicht.

»Der größte schwedische Käfer«, erklärte Hemberg. »Aber er ist bald ausgerottet.«

Er legte den Tippschein zur Seite. »Es gibt

auch keinen Abschiedsbrief«, fuhr er fort. »Ein alter Mann hat von allem genug und verabschiedet sich mit einem Knall. Dem Arzt zufolge hat er gut gezielt. Mitten ins Herz.«

Ein Polizist betrat die Küche und reichte Hemberg eine Brieftasche. Hemberg öffnete sie und nahm einen Ausweis heraus.

»Artur Hålén«, sagte er. »Geboren 1898. Er hatte viele Tätowierungen, wie es sich für einen Seemann vom alten Schlag gehörte. Weißt du, was er auf See gemacht hat?«

»Ich glaube, er war Maschinist.«

»In einem seiner Seemannsbücher wird er als Maschinist bezeichnet, in einem anderen als Matrose. Er hat also verschiedene Arbeiten an Bord erledigt. Einmal war er in ein Mädchen verliebt, das Lucia hieß. Den Namen hatte er auf die rechte Schulter und auf die Brust tätowiert. Man könnte fast annehmen, daß er sich symbolisch direkt durch diesen Namen erschossen hat.«

Hemberg steckte den Ausweis und die Brieftasche in seine Aktenmappe.

»Der Gerichtsmediziner hat natürlich das letzte Wort«, sagte er, »und wir können eine

Routineuntersuchung der Waffe und der Kugel vornehmen, aber ich denke schon, daß es Selbstmord war.«

Hemberg warf noch einmal einen Blick auf den Tippschein.

»Von Fußball hatte Artur Hålén nicht besonders viel Ahnung«, überlegte er. »Wenn er mit diesem Schein hier gewonnen hätte, wäre er wahrscheinlich der einzige Gewinner gewesen.«

Hemberg stand auf. Gerade wurde der Leichnam abtransportiert. Die überdeckte Bahre wurde vorsichtig durch den engen Flur manövriert.

»Es kommt immer häufiger vor«, sagte Hemberg nachdenklich, »daß alte Menschen ihrem Leben selber ein Ende setzen. Aber nicht besonders häufig mit einer Kugel. Und erst recht nicht mit einem Revolver.«

Er betrachtete Wallander plötzlich aufmerksam. »Aber daran hast du natürlich schon gedacht.«

Wallander war überrascht. »Woran?«

»Wie merkwürdig es ist, daß er einen Revolver besaß. Wir sind seinen Schreibtisch durchgegangen, aber eine Lizenz dafür konnten wir nicht finden.«

»Er hatte ihn wohl noch aus seiner Zeit auf See.«

Hemberg zuckte mit den Schultern. »Bestimmt.«

Wallander begleitete Hemberg hinunter auf die Straße.

»Weil du sein Nachbar bist, dachte ich, du könntest vielleicht die Schlüssel an dich nehmen«, sagte Hemberg. »Wenn die anderen fertig sind, bringen sie sie dir. Paß auf, daß keiner die Wohnung betritt, bevor wir ganz sicher sein können, daß es Selbstmord war.«

Wallander ging ins Haus zurück. Auf der Treppe begegnete er Linnea Almqvist, die mit einer Mülltüte auf dem Weg nach draußen war.

»Was ist denn das für ein schreckliches Gelaufe hier auf der Treppe?« fragte sie streng.

»Wir haben leider einen Todesfall«, erwiderte Wallander höflich. »Hålén ist gestorben.«

Die Frau war anscheinend von der Nachricht erschüttert.

»Ich glaube, er war ziemlich einsam«, sagte sie langsam. »Ich habe ein paarmal versucht, ihn zum Kaffee einzuladen. Er hat sich immer damit entschuldigt, daß er keine Zeit hätte. Dabei war Zeit wohl das einzige, was er hatte.«

»Ich habe ihn kaum gekannt«, sagte Wallander.

»War es das Herz?«

Wallander nickte. »Ja«, antwortete er, »es war wohl das Herz.«

»Dann wollen wir nur hoffen, daß hier keine lauten jungen Leute einziehen«, sagte sie und ging davon.

Wallander kehrte in Håléns Wohnung zurück. Es war jetzt leichter, nachdem die Leiche fortgebracht worden war. Ein Kriminaltechniker war dabei, seine Tasche zusammenzupakken. Der Blutfleck auf dem Linoleumboden war dunkel geworden. Stachel stand da und säuberte seine Fingernägel.

»Hemberg hat gesagt, ich soll die Schlüssel an mich nehmen«, sagte Wallander.

Stachel zeigte auf ein Schlüsselbund, das auf der Kredenz lag.

»Ich wüßte gern, wem das Haus gehört«, meinte Stachel. »Ich habe eine Freundin, die eine Wohnung sucht.«

»Hier ist es verdammt hellhörig«, gab Wallander zu bedenken. »Nur damit du es weißt.«

»Hast du noch nichts von diesen exotischen neuen Wasserbetten gehört?« fragte Stachel. »Die knarren nicht.«

Erst um Viertel vor sechs konnte Wallander Håléns Wohnungstür abschließen. Es waren immer noch mehrere Stunden, bis er Mona treffen sollte. Er ging in seine Wohnung und kochte Kaffee. Der Wind hatte zugenommen. Er schloß das Fenster und setzte sich in die Küche. Er war nicht dazu gekommen, Lebensmittel einzukaufen, und jetzt hatte der Laden geschlossen. Einen Laden, der am Abend noch geöffnet war, gab es in der Nähe nicht. Er dachte, daß ihm nichts anderes übrigblieb, als Mona zum Abendessen einzuladen. Seine Brieftasche lag auf dem Tisch. Er sah nach, ob er genügend Geld hatte. Mona liebte es, im Restaurant zu essen, aber Wallander fand, daß es rausgeschmissenes Geld war.

Der Kaffeekessel pfiff. Er goß sich Kaffee in eine Tasse und tat drei Stücke Zucker hinein. Wartete darauf, daß er abkühlte.

Irgend etwas beunruhigte ihn.

Er wußte nicht, woher die Unruhe kam.

Aber das Gefühl war sehr stark.

Er wußte nicht, was es war. Aber es hatte mit Hålén zu tun. In Gedanken ging er das Geschehen noch einmal durch. Der Knall, der ihn geweckt hatte. Die Tür, die offengestanden hatte. Der tote Körper auf dem Fußboden im Zimmer. Ein Mann hatte Selbstmord begangen. Ein Mann, der zufällig sein Nachbar war.

Dennoch stimmte irgend etwas nicht. Wallander ging ins Zimmer und legte sich aufs Bett. Lauschte in sich hinein. In seine Erinnerung. Hatte er außer dem Knall noch irgend etwas anderes gehört? Vorher oder nachher? Waren andere Geräusche in seine Träume gedrungen? Er suchte, aber er fand nichts. Dennoch war er sich sicher. Er hatte etwas übersehen.

Er stand auf und ging zurück in die Küche. Der Kaffee war jetzt abgekühlt. Ich bilde mir etwas ein, dachte er. Ich habe es selbst gesehen. Hemberg hat es gesehen. Alle haben es gesehen. Ein einsamer alter Mann hat Selbstmord begangen.

Dennoch war ihm, als hätte er etwas gesehen, ohne zu begreifen, was es war.

Gleichzeitig erkannte er, wie verlockend dieser Gedanke war. Daß er eine Beobachtung gemacht haben könnte, die Hemberg entgangen war. Es würde seine Chancen vergrößern, bald zum Kriminalbeamten aufzusteigen.

Er blickte auf die Uhr. Er hatte immer noch Zeit, bevor er los mußte, um Mona vom Fähranleger abzuholen. Er stellte die Tasse in die Spüle, nahm das Schlüsselbund und ging in Håléns Wohnung. Als er ins Zimmer kam, war alles wie zuvor, als er die Leiche entdeckt hatte; nur, daß diese jetzt fortgebracht worden war. Wallander sah sich langsam um. Was macht man, dachte er. Wie entdeckt man Dinge, die man sieht, ohne sie wirklich wahrzunehmen. Irgend etwas mußte es geben. Davon war er überzeugt.

Aber er sah es nicht.

Er ging hinaus in die Küche und setzte sich auf den Stuhl, auf dem Hemberg gesessen hatte. Der Tippschein lag vor ihm. Wallander verstand nicht besonders viel von Fußball. Genaugenommen verstand er überhaupt nichts davon. Wenn er einmal spielte, dann kaufte er ein Lotterielos, das war alles.

Der Tippschein galt für den kommenden Samstag. Soviel konnte er sehen. Hålén hatte sogar Namen und Adresse ausgefüllt.

Wallander kehrte ins Zimmer zurück und stellte sich ans Fenster, um den Raum aus einer anderen Perspektive zu betrachten. Sein Blick blieb am Bett hängen. Hålén war angekleidet gewesen, als er sich das Leben nahm. Aber das Bett war ungemacht, obwohl im übrigen pedantische Ordnung herrschte. Warum hat er sein Bett nicht gemacht, dachte Wallander. Es kann doch wohl nicht so gewesen sein, daß er angezogen geschlafen hat, erwacht ist, sich erschossen hat – und das alles, ohne vorher noch sein Bett zu machen. Und warum liegt ein ausgefüllter Tippschein auf dem Küchentisch?

Es paßte alles nicht zusammen. Aber es mußte anderseits auch nichts bedeuten. Hålén konnte sich ganz plötzlich entschlossen haben, seinem Leben ein Ende zu setzen. Er hatte vielleicht die Sinnlosigkeit darin erkannt, ein letztes Mal sein Bett zu machen.

Wallander setzte sich in den einzigen Sessel

im Zimmer. Er war durchgesessen und abgewetzt. Ich bilde mir etwas ein, dachte er wieder. Der Gerichtsmediziner wird feststellen, daß es Selbstmord war. Die technische Untersuchung wird bestätigen, daß die Waffe und die Kugel zusammengehören und daß der Schuß von Håléns eigener Hand abgegeben worden ist.

Wallander beschloß, die Wohnung zu verlassen. Er mußte sich waschen und umziehen, bevor er losging, um Mona zu treffen, aber etwas hielt ihn noch zurück. Er ging zur Kredenz und begann die Schubladen zu öffnen. Sofort fand er die beiden Seemannsbücher. Artur Hålén war in seiner Jugend ein flotter Mann gewesen. Helle Haare, ein offenes und breites Lächeln. Es fiel Wallander nicht leicht, sich vorzustellen, daß das Bild denselben Mann darstellte, der stumm und zurückgezogen seine letzten Tage in Rosengård verbracht hatte. Noch weniger vorstellbar war es, daß das Bild einen Mann zeigte, der sich eines Tages das Leben nehmen würde. Aber Wallander wußte, wie falsch er dachte. Selbstmörder ließen sich nicht nach starren Schablonen beurteilen.

Er fand den farbenfrohen Käfer und nahm ihn mit ans Fenster. Auf der Unterseite der Schachtel glaubte er zu erkennen, daß dort »Brasil« gedruckt stand. Ein Souvenir, das Hålén auf irgendeiner seiner Fahrten gekauft haben mußte. Wallander ging die Schubladen weiter durch. Schlüssel, Münzen aus verschiedenen Ländern – nichts, was seine Aufmerksamkeit gefangennahm. Halb unter dem schäbigen und brüchigen Regalpapier, mit dem die unterste Schublade ausgelegt war, steckte ein brauner Umschlag. Wallander öffnete ihn; er enthielt eine alte Fotografie. Ein Hochzeitspaar. Auf der Rückseite der Name eines Fotoateliers und ein Datum: 15. Mai 1894. Das Atelier war in Härnösand. Außerdem stand dort: *Manda und ich am Tag unserer Hochzeit.* Die Eltern, dachte Wallander. Vier Jahre später wird der Sohn geboren.

Als er mit der Kredenz fertig war, ging er hinüber zum Bücherregal. Zu seiner Verwunderung standen dort mehrere deutsche Bücher. Sie waren abgegriffen und gründlich gelesen. Außerdem standen einige von Vilhelm Mobergs Büchern da, ein spanisches Kochbuch und ein paar Hefte einer Zeitschrift für Modellflugzeugbau. Wallander schüttelte verwundert den Kopf. Das Bild von Hålén war bedeutend komplexer, als er geahnt hatte. Er wandte sich vom Bücherregal ab und schaute unter das Bett. Nichts. Dann ging er weiter zum Kleiderschrank. Die Sachen waren ordentlich aufgehängt. Drei Paar geputzte Schuhe. Nur das ungemachte Bett, dachte Wallander wieder, das stört das Bild.

Er wollte gerade den Kleiderschrank zumachen, als es an der Tür klingelte. Wallander fuhr zusammen. Wartete. Es klingelte von neuem. Wallander hatte das Gefühl, sich auf verbotenem Gelände zu befinden. Er wartete noch einen Augenblick. Als es zum drittenmal klingelte, ging er hin und öffnete.

Ein Mann in einem grauen Mantel stand vor der Tür. Er blickte Wallander fragend an. »Bin ich hier falsch?« fragte er. »Ich möchte zu Herrn Hålén.«

Wallander versuchte einen formellen Ton anzuschlagen, von dem er meinte, er wäre der Situation angemessen. »Darf ich fragen, wer Sie sind?«

Der Mann runzelte die Stirn. »Wer sind denn Sie?« entgegnete er.

»Ich bin Polizist«, sagte Wallander. »Kriminalassistent Kurt Wallander. Würden Sie jetzt so freundlich sein und auf meine Frage antworten? Wer sind Sie und was wollen Sie?«

»Ich verkaufe ein Nachschlagewerk«, sagte der Mann kleinlaut. »Ich war in der vorigen Woche hier und habe die Bücher vorgestellt. Artur Hålén hat mich gebeten, heute noch einmal vorbeizukommen. Den Kaufvertrag und die Anzahlung hat er schon geschickt. Ich wollte ihm den ersten Band bringen und dann noch das Gratisbuch, das jeder Käufer als Willkommensgeschenk erhält.«

Er holte zwei Bücher aus einer Aktentasche, wie um Wallander zu beweisen, daß er die Wahrheit sagte.

Wallander hatte mit wachsender Verwunderung zugehört. Das Gefühl, daß etwas nicht stimmte, verstärkte sich. Er trat zur Seite und nickte dem Mann mit den Büchern zu, einzutreten.

»Ist etwas passiert?« fragte dieser.

Wallander lotste ihn, ohne zu antworten, in

die Küche und machte ihm ein Zeichen, sich an den Küchentisch zu setzen. Dann wurde Wallander bewußt, daß er jetzt zum erstenmal eine Todesnachricht überbringen mußte. Etwas, wovor er sich immer gefürchtet hatte. Aber er dachte auch, daß er keinen Angehörigen vor sich hatte, sondern lediglich einen Buchverkäufer.

»Artur Hålén ist tot«, sagte er unvermittelt.

Der Mann auf der anderen Seite des Tisches schien nicht zu verstehen.

»Aber ich habe doch heute früh noch mit ihm gesprochen.«

»Sagten Sie nicht, Sie hätten ihn in der vorigen Woche getroffen?«

»Ich habe heute vormittag angerufen und mich erkundigt, ob es ihm passen würde, wenn ich heute abend vorbeikäme.«

»Und was hat er geantwortet?«

»Daß es in Ordnung wäre. Warum wäre ich sonst gekommen? Ich bin keiner, der sich aufdrängt. Die Menschen haben so komische Vorstellungen von Buchverkäufern, die von Tür zu Tür gehen.«

Wallander hatte nicht den Eindruck, daß der

Mann die Unwahrheit sagte. »Also, noch einmal von vorne«, sagte er.

»Was ist denn eigentlich passiert?« unterbrach ihn der Mann.

»Artur Hålén ist tot«, erwiderte Wallander. »Bis auf weiteres ist das alles, was ich Ihnen sagen kann.«

»Aber wenn die Polizei damit befaßt ist, muß doch etwas passiert sein. Ist er überfahren worden?«

»Es tut mir leid, aber mehr kann ich Ihnen nicht sagen«, wiederholte Wallander und fragte sich, warum er die Situation unnötig dramatisierte. Dann bat er den Mann, noch einmal alles zu erzählen.

»Ich heiße Emil Holmberg«, begann dieser. »Eigentlich bin ich Oberstufenlehrer für Biologie, aber ich versuche, Nachschlagewerke zu vertreiben, um Geld für eine Reise nach Borneo zu verdienen.«

»Nach Borneo?«

»Ja, ich interessiere mich für tropische Gewächse.«

Wallander bedeutete ihm fortzufahren.

»In der vorigen Woche bin ich hier im Viertel herumgegangen und habe an den Türen geklingelt. Artur Hålén zeigte sich interessiert und bat mich herein. Wir saßen hier in der Küche. Ich erzählte von dem Nachschlagewerk und was es kostete und zeigte ihm ein Probeexemplar. Nach etwa einer halben Stunde unterschrieb er den Kaufvertrag. Und als ich heute früh anrief, sagte er, es passe ihm, wenn ich heute abend vorbeikäme.«

»Und an welchem Tag in der vorigen Woche waren Sie hier?«

»Am Dienstag. Ungefähr zwischen vier und halb sechs.«

Wallander erinnerte sich, daß er zu dem Zeitpunkt Dienst gehabt hatte, aber sah keinen Grund, zu erzählen, daß er selbst im Haus wohnte. Besonders weil er behauptet hatte, er sei Kriminalbeamter.

»Hålén war der einzige, der Interesse hatte«, fuhr Holmberg fort. »Eine Dame im Obergeschoß war ungehalten, weil ich angeblich herumginge und die Leute störte. So etwas kommt vor, aber nicht besonders oft. Hier nebenan war, soweit ich mich erinnere, niemand zu Hause.«

»Sie sagten, daß Hålén seine erste Anzahlung geleistet hat?«

Der Mann öffnete seine Aktentasche, wo er die Bücher verwahrte, und zeigte Wallander eine Quittung. Sie trug das Datum vom Freitag der vergangenen Woche.

Wallander versuchte nachzudenken. »Wie lange sollte er dieses Nachschlagewerk abbezahlen?«

»Zwei Jahre. Dann wären alle zwanzig Bände bezahlt.«

Hier stimmt etwas nicht, dachte Wallander. Ein Mann, der die Absicht hat, Selbstmord zu begehen, unterschreibt kaum einen Kaufvertag, der sich über zwei Jahre erstreckt.

»Was für einen Eindruck hatten Sie von Hålén?« fragte Wallander.

»Ich verstehe nicht richtig, was Sie meinen.«

»Wie war er? Ruhig? Froh? Wirkte er bedrückt?«

»Er hat nicht viel gesagt, aber er interessierte sich wirklich für das Nachschlagewerk. Da bin ich mir sicher.«

Wallander hatte im Moment nichts mehr zu fragen. Auf der Fensterbank lag ein Bleistift. Er suchte in seiner Tasche nach einem Stück Papier. Das einzige, was er fand, war seine Einkaufsliste.

»Wir werden wahrscheinlich nicht wieder von uns hören lassen«, sagte er. »Aber ich hätte trotzdem gern Ihre Telefonnummer.«

»Hålén kam mir vollkommen gesund vor«, sagte Holmberg, während er seine Telefonnummer auf die Rückseite von Wallanders Einkaufsliste schrieb. »Was ist eigentlich passiert? Und was geschieht nun mit dem Vertrag?«

»Sofern er keine Verwandten hat, die die Bestellung übernehmen, werden Sie Ihr Geld kaum bekommen.«

Wallander stand auf, als Zeichen, daß das Gespräch vorüber war. Holmberg blieb mit seiner Aktentasche stehen.

»Vielleicht kann ich Sie für ein Nachschlagewerk interessieren, Herr Kriminalbeamter?«

»Kriminalassistent«, erwiderte Wallander. »Und ein Nachschlagewerk brauche ich nicht. Jedenfalls nicht im Moment.«

Wallander brachte Holmberg auf die Straße. Erst als der Mann auf seinem Fahrrad um die

Ecke gebogen war, ging Wallander wieder ins Haus und kehrte in Håléns Wohnung zurück. Er setzte sich an den Küchentisch und ging in Gedanken noch einmal alles durch, was Holmberg gesagt hatte. Die einzig sinnvolle Erklärung, die ihm einfiel, war die, daß Hålén ganz plötzlich beschlossen haben mußte, sich das Leben zu nehmen. Wenn er nicht so verrückt gewesen war, einem unschuldigen Buchverkäufer einen bösen Streich spielen zu wollen.

Irgendwo klingelte ein Telefon. Viel zu spät wurde ihm klar, daß es sein eigenes war. Er lief in die Wohnung. Es war Mona.

»Ich dachte, du wolltest mich abholen«, sagte sie verärgert.

Wallander blickte auf seine Armbanduhr und fluchte still in sich hinein. Er hätte vor einer Viertelstunde am Anleger sein sollen. »Ich bin durch eine Ermittlung aufgehalten worden«, sagte er entschuldigend.

»Aber du hast doch heute frei.«

»Leider haben sie mich gebraucht.«

»Gibt es denn außer dir keine anderen Polizisten? Soll das immer so weitergehen?«

»Es war sicher eine Ausnahme.«
»Hast du was zum Essen eingekauft?«
»Nein, dazu hatte ich keine Zeit.« Er hörte, wie enttäuscht sie war. »Ich komme jetzt«, sagte er. »Ich versuche, ein Taxi zu bekommen. Dann gehen wir aus und essen.«
»Und wieso soll ich mich darauf verlassen? Vielleicht wirst du wieder aufgehalten.«
»Nein, ich komme, so schnell ich kann. Ich verspreche es dir.«
»Ich sitze hier auf einer Bank vor dem Anleger. Aber ich warte nur zwanzig Minuten, dann geh ich nach Hause.«

Wallander legte auf und rief bei der Taxizentrale an. Besetzt. Es dauerte fast zehn Minuten, bevor er seine Bestellung loswurde. Zwischen den Versuchen durchzukommen, hatte er bei Hålén abgeschlossen und das Hemd gewechselt.

Er kam nach dreiunddreißig Minuten am Terminal der Dänemarkfähren an. Inzwischen war Mona nach Hause gegangen. Sie wohnte in der Södra Förstadsgata. Wallander ging hinauf zum Gustaf Adolfs Torg und rief von einer Telefonzelle aus an. Es nahm niemand ab. Fünf

Minuten später versuchte er es noch einmal, da war sie nach Hause gekommen.

»Wenn ich zwanzig Minuten sage, dann meine ich zwanzig«, sagte sie wütend.

»Ich habe kein Taxi bekommen. In diesem verdammten Laden war immer besetzt.«

»Ich bin trotzdem müde«, sagte sie. »Wir sehen uns an einem anderen Abend.«

Wallander versuchte sie zu überreden, aber sie ließ sich nicht umstimmen. Das Gespräch endete mit einem Streit. Dann legte sie auf. Wallander knallte den Hörer auf die Gabel. Ein paar vorübergehende Streifenpolizisten betrachteten ihn mißbilligend. Sie schienen ihn nicht zu erkennen.

Wallander ging zu einer Würstchenbude am Marktplatz. Dort setzte er sich auf eine Bank und aß und betrachtete abwesend ein paar Möwen, die sich um ein Stück Brot balgten.

Es geschah nicht häufig, daß Mona und er sich stritten. Aber jedesmal machte es ihm Kummer. Im Innersten wußte er, daß es am nächsten Tag vorbei sein würde, aber seine Unruhe, daß es einmal nicht so sein könnte, war stärker als seine Vernunft. Die Unruhe war immer da. Als Wallander nach Hause gekommen war, setzte er sich an den Küchentisch und versuchte, sich darauf zu konzentrieren, eine Zusammenstellung dessen zu machen, was in der Nachbarwohnung geschehen war.

Aber er war unsicher. Wie führte man eigentlich eine Ermittlung? Wie analysierte man einen Tatort? Er sah ein, daß ihm noch viele grundlegende Kenntnisse fehlten, trotz seiner Zeit auf der Polizeihochschule. Nach einer halben Stunde warf er wütend den Bleistift hin. Alles war Einbildung. Hålén hatte Selbstmord begangen. Der Tippschein und der Buchverkäufer änderten nichts an dieser Tatsache. Er sollte lieber bedauern, daß er nicht mehr Kontakt mit Hålén gehabt hatte. Vielleicht war es die Einsamkeit, die am Schluß unerträglich für ihn geworden war?

Wallander ging rastlos in der Wohnung auf und ab. Mona war enttäuscht gewesen, und er hatte ihr Anlaß dazu gegeben.

Auf der Straße fuhr ein Wagen vorbei. Musik strömte aus dem offenen Wagenfenster: ›The house of the rising sun‹. Der Titel war vor ein paar Jahren ziemlich populär gewesen. Wie hieß noch gleich die Gruppe? Kings? Es fiel ihm nicht ein. Dann dachte er daran, daß er sonst um diese Tageszeit schwache Geräusche von Håléns Fernseher durch die Wand gehört hatte. Jetzt war es still.

Wallander setzte sich auf die Couch und legte die Füße auf den Tisch. Dachte an seinen Vater. An den Wintermantel und die Mütze. Die Füße ohne Strümpfe. Wenn es nicht so spät wäre, könnte er zu ihm fahren und Karten spielen. Aber er merkte, daß er müde wurde, obwohl es noch nicht einmal elf Uhr war. Er stellte den Fernseher an. Wie gewöhnlich wurde eine Diskussionsrunde gezeigt. Es dauerte eine Weile, bis er verstand, daß sich die Teilnehmer über die Vor- und Nachteile der neuen Welt unterhielten, die nach und nach entstehen würde. Die Welt der Computer. Er schaltete aus. Blieb noch eine Weile sitzen, bevor er sich gähnend auszog und ins Bett ging. Bald war er eingeschlafen.

Plötzlich war er hellwach.

Er lauschte in die Sommernacht hinaus. Etwas hatte ihn geweckt. Vielleicht war auf der Straße ein Wagen mit einem kaputten Auspuff vorbeigefahren. Die Gardine bewegte sich schwach vor dem angelehnten Fenster. Er schloß die Augen. Dann hörte er es wieder.

Ganz dicht neben seinem Kopf.

Jemand war in Håléns Wohnung. Er hielt den Atem an und versuchte zu lauschen. Da war ein Geräusch, als ob jemand einen Gegenstand bewegte. Kurz danach hörte man ein Schlurfen. Jemand verschob ein Möbelstück. Wallander schaute auf die Uhr auf seinem Nachttisch. Viertel vor drei. Er preßte das Ohr an die Wand. Er hatte schon angefangen zu glauben, daß alles nur Einbildung gewesen war, als er von neuem ein Geräusch hörte. Es war ganz bestimmt jemand in der Wohnung nebenan.

Er setzte sich im Bett auf und fragte sich, was er tun sollte. Seine Kollegen anrufen? Wenn Hålén keine Verwandten hatte, konnte wohl niemand einen Grund haben, sich in der Wohnung aufzuhalten. Aber sie wußten nicht sicher, wie Håléns familiäre Situation aussah. Vielleicht hatte er jemandem Reserveschlüssel gegeben, von denen sie nichts wußten.

Wallander stand auf und zog sich Hose und

Hemd an. Dann ging er barfuß ins Treppenhaus. Die Tür zu Håléns Wohnung war geschlossen. Er hatte die Schlüssel in der Hand. Plötzlich war er unsicher, was er tun sollte. Das einzig Vernünftige war zu klingeln. Schließlich hatte er die Schlüssel von Hemberg bekommen und damit eine Art von Verantwortung. Er drückte auf die Klingel. Wartete. Jetzt war es in der Wohnung vollkommen still. Er klingelte noch einmal. Noch immer keine Reaktion. Im gleichen Augenblick sah er ein, daß eine Person, die sich in der Wohnung befand, sehr leicht durch ein Fenster fliehen konnte. Es waren nur knapp zwei Meter bis hinunter auf die Straße. Er fluchte und lief die Treppe hinunter. Hålén hatte eine Eckwohnung. Wallander eilte um die Ecke. Die Straße war leer. Aber eines von Håléns Fenstern stand sperrangelweit offen.

Wallander ging zurück ins Haus und schloß Håléns Wohnungstür auf. Bevor er eintrat, rief er, bekam aber keine Antwort. Er machte das Licht im Flur an und ging ins Zimmer. Die Schubladen in der Kredenz waren herausgezogen. Wallander schaute sich um. Die Person, die in der Wohnung gewesen war, hatte nach etwas gesucht. Er trat zum Fenster und versuchte zu erkennen, ob es aufgebrochen worden war, aber er fand keine Spuren von Gewaltanwendung. Das hieß, es waren zwei Schlußfolgerungen möglich. Der Unbekannte, der in Håléns Wohnung gewesen war, hatte Schlüssel, und er oder sie hatte nicht ertappt werden wollen.

Wallander machte das Licht im Zimmer an und begann nachzuschauen, ob etwas, was sich vorher dort befunden hatte, jetzt fehlte. Aber er war sich seiner Erinnerung nicht sicher. Das, was ins Auge fiel, war noch da. Der Käfer aus Brasilien, die beiden Seemannsbücher und die alte Fotografie. Doch der Umschlag, in dem die Fotografie gesteckt hatte, lag auf dem Fußboden. Wallander bückte sich und hob ihn auf.

Jemand hatte die Fotografie herausgenommen.

Die einzige Erklärung, die Wallander finden konnte, war, daß jemand etwas anderes gesucht hatte, das sich vielleicht in einem Umschlag hätte befinden können.

Er legte den Umschlag zur Seite und sah sich weiter um. Die Bettlaken waren vom Bett gerissen, der Kleiderschrank stand offen. Einer von Håléns Anzügen lag auf dem Fußboden. Jemand hat etwas gesucht, dachte Wallander. Die Frage ist nur, was. Und ob er oder sie es gefunden hat, bevor es an der Tür geklingelt hat.

Er ging hinaus in die Küche. Die Küchenschränke standen offen. Ein Topf war herausgefallen und lag auf dem Fußboden. Vielleicht war er davon geweckt worden? Eigentlich ist die Antwort klar, dachte er. Wenn die Person, die hier gewesen ist, gefunden hätte, wonach sie suchte, hätte sie sich aus dem Staub gemacht. Und dann wohl kaum durchs Fenster. Also befindet sich das, was sie gesucht hat, möglicherweise noch in der Wohnung. Wenn es jemals hier war.

Wallander kehrte ins Zimmer zurück und betrachtete das eingetrocknete Blut auf dem Fußboden. Was war passiert, fragte er sich. War es wirklich Selbstmord?

Er ging die Wohnung noch einmal durch. Aber als es zehn nach vier geworden war, gab er auf. Kehrte in seine Wohnung zurück und legte sich ins Bett. Er stellte den Wecker auf sieben Uhr. Am Morgen würde er als erstes mit Hemberg sprechen.

Am nächsten Tag regnete es Bindfäden über Malmö, als Wallander zur Bushaltestelle lief. Er hatte unruhig geschlafen und war lange vor dem Klingeln des Weckers wach. Der Gedanke, daß er Hemberg mit seiner Wachsamkeit imponieren könnte, hatte ihn davon phantasieren lassen, eines Tages ein herausragender Kriminalbeamter zu sein. Dieser Gedanke hatte auch dafür gesorgt, daß er sich entschloß, Mona die Meinung zu sagen. Man durfte nicht erwarten, daß ein Polizist sich immer an die Zeiten halten konnte.

Es war vier Minuten vor sieben, als er im Polizeipräsidium eintraf. Er hatte gehört, daß Hemberg oft sehr früh zur Arbeit kam, und in der Anmeldung sagte man ihm, daß es auch heute so war. Hemberg war schon gegen sechs Uhr gekommen. Wallander ging in die Kriminalabteilung hinauf. Die meisten Büros standen noch leer. Er ging direkt zu Hembergs Tür und klopfte an. Als er Hembergs Stimme hörte, öffnete er und trat ein. Hemberg saß auf seinem Besucherstuhl und schnitt sich die Fingernägel.

Als er sah, daß es Wallander war, runzelte er die Stirn. »Hatten wir eine Verabredung? Ich kann mich nicht daran erinnern.«

»Nein, aber ich wollte etwas berichten.«

Hemberg legte die Nagelschere zwischen seine Bleistifte und setzte sich hinter den Schreibtisch. »Wenn es länger als fünf Minuten dauert, kannst du dich setzen«, sagte er.

Wallander blieb stehen. Dann schilderte er, was passiert war. Er begann mit dem Buchverkäufer und berichtete anschließend von den Ereignissen der Nacht. Ob Hemberg mit Interesse zuhörte oder nicht, konnte er nicht beurteilen. Hembergs Gesicht verriet überhaupt nichts.

»Das war alles«, schloß Wallander. »Ich dachte, ich sollte es so schnell wie möglich berichten.«

Hemberg nickte Wallander zu, sich zu setzen. Dann zog er seinen Kollegblock hervor, suchte einen Bleistift aus und notierte den Namen und die Telefonnummer des Bücherverkäufers Holmberg. Wallander merkte sich den Kollegblock. Hemberg benutzte also keine losen Blätter und keine vorgedruckten Berichtsformulare.

»Der nächtliche Besuch ist eigenartig«, sagte Hemberg. »Aber im Grunde ändert er nichts. Hålén hat Selbstmord begangen. Davon bin ich überzeugt. Wenn die Obduktion und die Untersuchung der Waffe abgeschlossen sind, werden wir die Bestätigung haben.«

»Die Frage bleibt trotzdem, wer in der Nacht in der Wohnung gewesen ist.«

Hemberg zuckte mit den Schultern. »Du hast selbst eine denkbare Antwort gegeben. Jemand, der einen Schlüssel besitzt. Der etwas gesucht hat, das er oder sie gern wiederhaben wollte. Gerüchte verbreiten sich schnell. Die Leute haben die Streifenwagen und den Krankenwagen gesehen. Daß Hålén tot ist, wußten viele schon nach ein paar Stunden.«

»Dennoch ist es sonderbar, daß diese Person durchs Fenster gesprungen ist.«

Hemberg lächelte. »Vielleicht glaubte sie, du wärst ein Einbrecher«, sagte er.

»Der an der Tür klingelt?«

»Eine ganz normale Methode, um festzustellen, ob jemand zu Hause ist.«

»Um drei Uhr in der Nacht?«

Hemberg legte den Stift zur Seite und beugte sich vor. »Du scheinst nicht überzeugt zu sein«, sagte er, ohne zu verbergen, daß Wallander anfing, ihn zu irritieren.

Wallander sah sogleich ein, daß er zu weit gegangen war. »Natürlich bin ich das«, sagte er. »Selbstverständlich war es Selbstmord.«

»Gut«, sagte Hemberg. »Dann sagen wir das. Es war gut, daß du mir berichtet hast. Ich werde ein paar Leute hinüberschicken, die alles noch einmal durchgehen. Dann warten wir auf die Berichte der Ärzte und Techniker. Und anschließend packen wir Hålén in eine Mappe und vergessen ihn.«

Hemberg legte die Hand auf den Telefonhörer als Zeichen dafür, daß das Gespräch beendet war, und Wallander verließ das Zimmer. Er kam sich vor wie ein Idiot. Was hatte er sich eigentlich eingebildet? Daß er einem Mord auf die Spur gekommen war? Er ging in sein Zimmer hinunter und sagte sich, daß Hemberg recht hatte. Er mußte die Gedanken an Hålén ein für allemal verbannen und noch eine Weile ein fleißiger Ordnungspolizist sein.

Am Abend kam Mona nach Rosengård. Sie aßen zusammen, und Wallander sagte nichts von dem, was er sich zu sagen vorgenommen hatte. Statt dessen entschuldigte er sich erneut, daß er zu spät gekommen war. Mona nahm die Entschuldigung an und blieb die Nacht über bei ihm.

Sie lagen lange wach und redeten über den Juli, wenn sie gemeinsam zwei Wochen Urlaub machen wollten. Immer noch hatten sie sich nicht entschieden, was sie tun wollten. Mona arbeitete in einem Damenfrisiersalon und verdiente nicht besonders viel. Ihr Traum war es, irgendwann einen eigenen Salon zu eröffnen. Wallander hatte auch kein hohes Gehalt. Genau 1896 Kronen im Monat. Sie hatten kein Auto und würden gezwungen sein, sorgfältig zu haushalten, damit das Geld reichte.

Wallander hatte vorgeschlagen, nach Norden zu reisen und ins Fjäll zu gehen. Er war nie weiter gekommen als bis Stockholm. Aber Mona wollte irgendwohin, wo man baden konnte. Sie hatte nachgerechnet, ob ihr gemeinsames Erspartes für eine Reise nach Mallorca reichen würde. Aber es war zu wenig.

Statt dessen schlug Mona vor, nach Skagen in Dänemark zu fahren. Sie war ein paarmal als Kind mit ihren Eltern dort gewesen und hatte es nie vergessen. Sie hatte außerdem in Erfahrung gebracht, daß es dort billige Pensionen gab, die noch nicht ausgebucht waren.

Bevor sie einschliefen, hatten sie sich geeinigt: Sie würden nach Skagen fahren. Schon am nächsten Tag würde Mona ein Zimmer reservieren, während Wallander die Zugabfahrten von Kopenhagen herausfinden wollte.

Am nächsten Abend, es war der 5. Juni, besuchte Mona ihre Eltern in Staffanstorp. Wallander spielte ein paar Stunden Poker mit seinem Vater. Ausnahmsweise war der Vater in guter Stimmung und kritisierte Wallanders Berufswahl nicht. Als es ihm außerdem noch gelang, seinen Sohn um fast fünfzig Kronen zu erleichtern, war er so guter Laune, daß er eine Flasche Cognac hervorholte.

»Irgendwann fahre ich nach Italien«, sagte er, nachdem sie angestoßen hatten. »Und außerdem will ich einmal in meinem Leben die Pyramiden in Ägypten sehen.«

»Warum das?«

Der Vater betrachtete ihn lange. »Das war eine außerordentlich dumme Frage«, sagte er dann. »Natürlich muß man Rom gesehen haben, bevor man stirbt, und die Pyramiden. Das ist doch ganz normal für Menschen mit Lebensart.«

»Wie viele Schweden können es sich eigentlich leisten, nach Ägypten zu fahren? Was glaubst du?«

Der Vater tat, als hörte er den Einwand nicht.

»Aber ich werde nicht sterben«, sagte er statt dessen. »Ich werde nach Löderup ziehen.«

»Und wie geht es mit dem Hauskauf?«

»Der ist schon klar.«

Wallander blieb der Mund offenstehen. »Was meinst du mit klar?«

»Daß ich das Haus schon gekauft und bezahlt habe. Die Bezeichnung ist Svindala 12:24.«

»Aber ich habe es ja noch nicht einmal gesehen!«

»Du sollst ja auch nicht da wohnen. Ich will da wohnen.«

»Und bist du denn schon da gewesen?«

»Ich habe es auf einem Bild gesehen. Das reicht mir. Ich mache keine unnötigen Reisen. Das beeinträchtigt nur meine Arbeit.«

Wallander stöhnte innerlich. Er war überzeugt davon, daß der Vater bei dem Hauskauf über den Tisch gezogen worden war. Genauso, wie er über den Tisch gezogen worden war, wenn er seine Bilder an die zweifelhaften Gestalten in großen amerikanischen Autos verkauft hatte, die in all den Jahren seine Käufer gewesen waren.

»Das sind ja Neuigkeiten«, sagte Wallander. »Darf man fragen, wann du umziehen willst?«

»Am Freitag kommt der Lastwagen.«

»Schon diese Woche?«

»Du hörst doch, was ich sage. Das nächste Mal spielen wir draußen im schonischen Lehm Karten.«

Wallander hob ergeben die Arme. »Und wann willst du packen? Hier herrscht doch ein heilloses Durcheinander.«

»Ich bin davon ausgegangen, daß du keine Zeit hast. Deshalb habe ich deine Schwester gebeten, mir zu helfen.«

»Wenn ich heute abend nicht zu Besuch gekommen wäre, hätte ich also nächstes Mal ein leeres Haus hier vorgefunden?«

»Ja, das hättest du.«

Wallander reichte ihm sein Glas. Er brauchte noch einen Cognac. Der Vater füllte es knickerig nur bis zur Hälfte.

»Ich weiß ja nicht einmal, wo das liegt. Löderup. Liegt es von hier aus vor oder hinter Ystad?«

»Es liegt vor Simrishamn.«

»Kannst du nicht auf meine Frage antworten?«

»Das habe ich doch getan.« Der Vater stand auf und stellte die Cognacflasche weg. Dann zeigte er auf das Kartenspiel. »Spielen wir noch eine Runde?«

»Ich habe kein Geld mehr. Aber ich werde versuchen, abends herzukommen und dir beim Packen zu helfen. Was hast du denn für das Haus bezahlt?«

»Das habe ich schon wieder vergessen.«

»Das kannst du doch nicht vergessen haben! Hast du so viel Geld?«

»Nein, aber Geld interessiert mich nicht.«

Wallander sah ein, daß er keine genaueren

Antworten bekommen würde. Es war halb elf geworden. Er mußte nach Hause und schlafen. Doch anderseits fiel es ihm nicht leicht, sich loszureißen. Hier war er aufgewachsen. Als er geboren wurde, hatten sie in Klagshamn gewohnt. Aber an Klagshamn hatte er kaum noch Erinnerungen.

»Und wer wird jetzt hier wohnen?« fragte er.

»Ich habe gehört, daß es abgerissen werden soll.«

»Das scheint dir nicht besonders viel auszumachen. Wie lange hast du eigentlich hier gewohnt?«

»Neunzehn Jahre. Das reicht.«

»Übertriebene Sentimentalität kann man dir auf jeden Fall nicht vorwerfen. Bist du dir darüber im klaren, daß ich hier praktisch meine Kindheit verbracht habe?«

»Ein Haus ist ein Haus«, erwiderte der Vater. »Ich habe genug von der Stadt. Ich will hinaus aufs Land. Dort werde ich meine Ruhe haben und malen und meine Reisen nach Italien und Ägypten planen.«

Wallander ging den ganzen Weg zurück nach

Rosengård zu Fuß. Es war bewölkt. Er merkte, wie der Gedanke ihn beunruhigte, daß der Vater umziehen würde und daß man das Haus, in dem er seine Kindheit verbracht hatte, vielleicht abreißen würde. Ich bin sentimental, dachte er. Die Frage ist nur, ob man ein guter Polizist werden kann, wenn man zur Sentimentalität neigt.

Am nächsten Tag rief Wallander im Reisebüro an und ließ sich die Zugzeiten für ihre Urlaubsreise geben. Mona hatte in einer Pension, die einen netten Eindruck machte, ein Zimmer reserviert. Den Rest des Tages war Wallander im Stadtzentrum von Malmö auf Streife unterwegs. Ständig meinte er, das Mädchen zu sehen, das ihn vor ein paar Tagen im Café beschimpft hatte. Er sehnte den Tag herbei, an dem er die Uniform ablegen konnte. Überall richteten sich Blicke auf ihn, die Widerwillen oder Verachtung zum Ausdruck brachten. Vor allem von Personen in seinem eigenen Alter. Er war zusammen mit einem übergewichtigen und langsamen Polizisten namens Svanlund auf Streife, der die ganze Zeit davon redete, daß er in einem Jahr in Pension gehen und auf den väterlichen Hof in der Nähe von Hudiksvall ziehen würde. Wallander hörte zerstreut zu und murmelte nur dann und wann einen nichtssagenden Kommentar. Abgesehen davon, daß sie ein paar Betrunkene von einem Spielplatz vertrieben, passierte nichts, außer, daß Wallander die Füße weh taten. Es war das erste Mal, obwohl er schon so viele Tage seines bisherigen Polizistenlebens auf Streife gewesen war. Er fragte sich, ob es damit zusammenhing, daß er sich immer stärker danach sehnte, zur Kriminalpolizei zu kommen.

Zu Hause holte er die Abwaschschüssel hervor und füllte sie mit warmem Wasser. Ein Gefühl des Wohlbehagens breitete sich in seinem ganzen Körper aus, als er die Füße in das warme Wasser stellte.

Er schloß die Augen und dachte an die bevorstehende Urlaubsreise. Mona und er würden Zeit haben, ungestört ihre Zukunft zu planen. Und er hoffte, bald die Uniform los zu sein und in die Etage umziehen zu können, in der Hemberg saß.

Er nickte auf dem Stuhl ein. Das Fenster war

angelehnt. Er nahm einen schwachen Rauchgeruch wahr. Jemand schien Müll zu verbrennen. Vielleicht auch trockene Zweige. Es knisterte schwach.

Er schlug die Augen auf und fuhr hoch. Wer verbrannte im Hinterhof Müll? Und hier gab es keine Gärten.

Dann entdeckte er den Rauch.

Er drang vom Hausflur herein. Als er zur Wohnungstür lief, kippte er die Wasserschüssel um. Das Treppenhaus war voll Rauch. Dennoch zweifelte er nicht daran, wo es brannte.

Håléns Wohnung stand in Flammen.

2

Hinterher dachte Wallander, daß er ausnahmsweise wirklich einmal vorschriftsmäßig gehandelt hatte. Er war in seine Wohnung gelaufen und hatte die Feuerwehr alarmiert. Dann war er ins Treppenhaus zurückgekehrt, war die Treppe hinaufgerannt und hatte an Linnea

Almqvists Tür geschlagen und dafür gesorgt, daß sie auf die Straße hinauskam. Sie hatte zunächst protestiert, aber Wallander hatte sie resolut am Arm gepackt. Als sie durch die Haustür nach draußen kamen, entdeckte Wallander, daß er sich das Knie aufgeschlagen hatte. Er war über die Schüssel gestolpert, als er in die Wohnung zurückgelaufen war, um die Feuerwehr anzurufen, und war mit dem Knie an eine Tischkante gestoßen. Erst jetzt sah er, daß es blutete.

Der Brand war schnell gelöscht worden. Er hatte sich noch nicht weit ausgebreitet, als Wallander den Rauch gerochen und Alarm geschlagen hatte. Als er sich dem Brandmeister näherte, um zu erfahren, ob man schon etwas über die Brandursache sagen könne, war er zurückgewiesen worden. Wütend war er in seine Wohnung gegangen und hatte seine Polizeimarke geholt.

Der Brandmeister hieß Faråker und war ein Mann in den Sechzigern mit gerötetem Gesicht und einer dröhnenden Stimme.

»Hättest ja sagen können, daß du Polizist bist«, posaunte er.

»Ich wohne hier im Haus. Ich war es, der euch benachrichtigt hat.«

Wallander erzählte, was mit Hålén passiert war.

»Es sterben viel zu viele Menschen«, sagte Faråker entschieden.

Wallander wußte nicht richtig, wie er den überraschenden Kommentar deuten sollte.

»Es scheint im Flur angefangen zu haben«, fuhr Faråker unbeeindruckt fort. »Weiß der Teufel, ob der Brand nicht sogar gelegt worden ist.«

Wallander blickte ihn fragend an. »Wie kannst du das jetzt schon sagen?«

»Mit den Jahren bekommt man so seine Erfahrung«, sagte Faråker und gab gleichzeitig ein paar Instruktionen. »Das wird dir auch so gehen«, meinte er dann und begann, eine alte Pfeife zu stopfen.

»Wenn der Brand gelegt worden ist, muß wohl die Kriminalpolizei hinzugezogen werden«, sagte Wallander.

»Die sind schon unterwegs.«

Wallander ging zu einigen Kollegen, um ihnen zu helfen, die Schaulustigen zu vertreiben.

»Der zweite Brand heute«, sagte einer der Polizisten, der Venström hieß. »Heute morgen hatten wir ein Holzlager draußen bei Limhamn.«

Wallander fragte sich, ob es möglicherweise sein Vater gewesen war, der sich entschieden hatte, das Haus abzubrennen, aus dem er sowieso ausziehen wollte. Aber er verfolgte den Gedanken nicht weiter.

In diesem Moment hielt ein Wagen an der Bürgersteigkante. Wallander entdeckte zu seiner Verwunderung, daß Hemberg gekommen war. Der winkte Wallander zu sich.

»Ich habe den Anruf mitbekommen«, sagte er. »Eigentlich war Lundin unterwegs, aber ich dachte, ich übernehme das mal, weil ich die Adresse ja kenne.«

»Faråker vermutet, daß es Brandstiftung war.«

Hemberg zog eine Grimasse. »Die Leute glauben so verdammt viel«, sagte er. »Ich kenne diesen Faråker seit fast fünfzehn Jahren. Es spielt überhaupt keine Rolle, ob ein Schornstein oder ein Automotor oder irgend etwas anderes brennt oder gebrannt hat. Für ihn ist es immer Brandstiftung gewesen. Komm mit, vielleicht kannst du was lernen.«

Wallander folgte Hemberg.

»Na, was meinst du?«

»Brandstiftung.« Faråker war sich ganz sicher.

Wallander ahnte, daß zwischen den beiden Männern eine massive gegenseitige Antipathie bestand.

»Der Mann, der hier gewohnt hat, ist bereits tot. Wer sollte da noch einen Brand legen?«

»Das herauszufinden ist deine Sache. Ich sage nur, daß das Feuer gelegt worden ist.«

»Können wir schon reingehen?«

Faråker rief einen der Feuerwehrleute zu sich heran, der das Klarzeichen gab. Der Brand war gelöscht, der schlimmste Rauch hatte sich verzogen. Sie gingen hinein. Der Flur in der Nähe der Wohnungstür war schwarz und verkohlt. Aber das Feuer war nicht weiter gekommen als bis zu dem Vorhang, der den Flur vom einzigen Zimmer der Wohnung trennte.

Faråker zeigte auf den Briefschlitz in der Tür. »Hier hat es angefangen«, sagte er. »Geschwelt und sich dann ausgebreitet. Hier sind weder Stromleitungen noch sonst etwas, das von sich aus Feuer gefangen haben könnte.«

Hemberg bückte sich. Dann schnüffelte er. »Möglich, daß du ausnahmsweise einmal recht hast«, sagte er dann und richtete sich wieder auf. »Es riecht nach etwas. Petroleum vielleicht.«

»Wenn es Benzin gewesen wäre, sähe es hier jetzt anders aus.«

»Jemand hat also etwas durch den Briefschlitz geworfen?«

»So dürfte es gewesen sein.« Faråker stocherte mit dem Fuß in den Resten der Fußmatte. »Papier allerdings kaum«, sagte er. »Eher Lumpen. Oder Putzwolle.«

Hemberg schüttelte ergeben den Kopf. »Absolut idiotisch. Wieso legt jemand einen Brand in der Wohnung eines Toten?«

»Das herauszufinden ist deine Sache«, wiederholte Faråker.

»Dann sagen wir also, daß sich die Spurensicherung das mal ansehen soll.«

Für einen Moment wirkte Hemberg bedrückt. Dann schaute er Wallander an. »Lädst du mich zu einem Kaffee ein?«

Sie gingen in Wallanders Wohnung. Hemberg betrachtete die umgestürzte Spülschüssel und die Wasserpfütze auf dem Fußboden.

»Hast du versucht, es selbst zu löschen?«

»Nein. Ich hatte gerade ein Fußbad genommen.«

Hemberg sah ihn interessiert an. »Fußbad?«

»Ja, manchmal tun mir die Füße weh.«

»Du trägst die falschen Schuhe«, sagte Hemberg. »Ich bin über zehn Jahre Streife gegangen, aber mir haben nie die Füße weh getan.«

Hemberg setzte sich an den Küchentisch, während Wallander Kaffee machte.

»Hast du etwas gehört?« fragte Hemberg. »Geräusche im Treppenhaus? Jemanden, der kam oder ging?«

»Nein.«

Wallander war es peinlich zuzugeben, daß er auch diesmal geschlafen hatte.

»Aber wenn sich da jemand bewegt hätte, hättest du es gehört?«

»Man hört es, wenn die Haustür zuschlägt«, antwortete Wallander ausweichend.

Er stellte ein Paket Kekse auf den Tisch. Das einzige, was er zum Kaffee anzubieten hatte.

»Aber komisch ist es schon«, meinte Hemberg. »Zuerst nimmt Hålén sich das Leben. In der folgenden Nacht bricht jemand bei ihm ein. Und jetzt legt jemand einen Brand.«

»Vielleicht war es gar kein Selbstmord?«

»Ich habe heute mit dem Gerichtsmediziner gesprochen«, sagte Hemberg. »Alles deutet auf einen perfekten Selbstmord hin. Hålén muß eine sichere Hand gehabt haben. Er hat genau richtig gezielt. Mitten ins Herz. Der Gerichtsmediziner hat seine Arbeit zwar noch nicht abgeschlossen, aber nach einer anderen Todesursache als Selbstmord wird er gar nicht erst suchen. Die gibt es nicht. Die Frage ist eher, wonach der Einbrecher gesucht hat. Und warum jemand die Wohnung abbrennen wollte. Vermutlich handelt es sich um ein und dieselbe Person.«

Hemberg gab Wallander mit einem Nicken zu verstehen, daß er mehr Kaffee haben wollte. »Hast du eine Meinung dazu?« fragte er plötzlich. »Jetzt zeig mal, ob du denken kannst.«

Wallander war vollkommen unvorbereitet.

»Der, der neulich nacht hier war, hat etwas

gesucht«, begann er zögernd. »Aber vermutlich hat er nichts gefunden.«

»Weil du gekommen bist und ihn gestört hast? Weil er sonst schon von allein abgehauen wäre?«

»Ja.«

»Und wonach hat er gesucht?«

»Das weiß ich nicht.«

»Heute abend hat jemand versucht, Håléns Wohnung in Brand zu setzen. Laß uns einmal annehmen, daß es sich um dieselbe Person handelt. Was besagt das?«

Wallander überlegte.

»Nimm dir Zeit«, sagte Hemberg. »Wenn man ein guter Ermittler werden will, muß man lernen, methodisch zu denken. Und das ist oft gleichbedeutend damit, sich Zeit zu lassen.«

»Vielleicht wollte er nicht, daß jemand anders das findet, wonach er gesucht hat.«

»Vielleicht«, sagte Hemberg. »Warum vielleicht?«

»Es kann auch eine andere Erklärung geben.«

»Zum Beispiel?«

Wallander suchte fieberhaft nach einer Alternative, ohne eine zu finden. »Ich weiß es nicht«, erwiderte er. »Ich finde keine andere Erklärung. Jedenfalls nicht im Moment.«

Hemberg nahm sich einen Keks. »Ich auch nicht«, sagte er. »Was bedeutet, daß sich die Erklärung vielleicht immer noch dort in der Wohnung befindet, ohne daß es uns gelungen ist, sie zu finden. Wäre es bei dem nächtlichen Besuch geblieben, so wäre dieser Fall ad acta gelegt worden, sobald die Untersuchung der Waffe abgeschlossen wäre und der Gerichtsmediziner sich geäußert hätte. Aber dieser Brand jetzt bedeutet, daß wir noch einmal eine Runde da drinnen machen müssen.«

»Hatte Hålén wirklich keine Verwandten?« fragte Wallander.

Hemberg schob die Tasse von sich und stand auf.

»Komm morgen zu mir hoch, dann zeige ich dir den Bericht.«

Wallander zögerte.

»Ich weiß nicht, ob ich dazu Zeit habe. Wir schlagen morgen in den Parks zu. Drogenrazzia.«

»Ich rede mit deinem Chef«, sagte Hemberg. »Das geht schon klar.«

Kurz nach acht Uhr am folgenden Tag, dem 7. Juni, las Wallander das gesamte Material durch, das Hemberg über Hålén gesammelt hatte. Es war äußerst dürftig. Hålén hatte kein Vermögen, aber auch keine Schulden gehabt. Er schien ausschließlich von seiner Rente gelebt zu haben. Außer einer 1967 in Katrineholm verstorbenen Schwester wurde kein Verwandter erwähnt. Die Eltern waren früh gestorben. Wallander las den Bericht in Hembergs Zimmer, während dieser in einer Sitzung war.

Kurz nach halb neun kam er zurück. »Hast du etwas gefunden?«

»Wie kann ein Mensch so einsam sein?«

»Das kann man sich fragen«, erwiderte Hemberg. »Aber das gibt uns keine Antwort. Jetzt fahren wir hinüber in die Wohnung.«

Während des Vormittags führten die Kriminaltechniker eine sorgfältige Untersuchung von Håléns Wohnung durch. Der Mann, der die Untersuchung leitete, war klein und mager und sagte so gut wie nichts. Er hieß Sjunnesson und war unter schwedischen Kriminaltechnikern eine Legende.

»Wenn es hier etwas zu finden gibt, dann findet er es«, sagte Hemberg. »Bleib hier und lern was.«

Hemberg erhielt plötzlich eine Mitteilung und verschwand.

»Da hat sich einer in einer Garage oben in Jägersro aufgehängt«, sagte er, als er zurückkam.

Dann verschwand er von neuem. Als er zurückkam, hatte er die Haare geschnitten.

Um drei Uhr war Sjunnesson fertig. »Hier ist nichts«, sagte er. »Kein verstecktes Geld. Keine Drogen. Hier ist alles sauber.«

»Dann war da wohl nur einer, der geglaubt hat, hier gäbe es etwas«, sagte Hemberg. »Er hat sich geirrt. Und jetzt schließen wir diese ganze Geschichte ab.«

Wallander begleitete Hemberg auf die Straße hinunter.

»Man muß wissen, wann es Zeit ist aufzuhören«, sagte Hemberg. »Das ist vielleicht das Allerwichtigste.«

Wallander ging in seine Wohnung und rief

Mona an. Sie verabredeten, sich am Abend zu treffen und eine Spritztour mit dem Auto zu machen. Sie konnte sich von einer Freundin ein Auto leihen. Um sieben Uhr wollte sie Wallander in Rosengård abholen.

»Wir fahren nach Helsingborg«, schlug sie vor.

»Warum?«

»Weil ich noch nie da gewesen bin.«

»Ich auch nicht«, sagte Wallander. »Um sieben bin ich fertig, und dann fahren wir nach Helsingborg.«

Aber Wallander kam an jenem Abend nicht nach Helsingborg. Kurz vor sechs klingelte sein Telefon. Es war Hemberg.

»Komm mal rüber«, sagte er. »Ich sitze in meinem Zimmer.«

»Eigentlich habe ich schon was anderes vor«, sagte Wallander.

Hemberg unterbrach ihn. »Ich dachte, du interessiertest dich dafür, was mit deinem Nachbarn passiert ist. Komm her, ich zeige dir etwas. Es dauert nicht lange.«

Wallanders Neugier war geweckt. Er rief bei Mona an, aber sie nahm nicht ab.

Ich bin rechtzeitig zurück, dachte er. Eigentlich kann ich mir kein Taxi leisten, aber es ist nicht zu ändern. Er riß ein Stück Papier von einer Tüte ab und schrieb darauf, daß er um sieben Uhr zurück sein würde. Danach bestellte er ein Taxi. Diesmal kam er sofort durch. Er befestigte den Zettel mit einer Heftzwecke an seiner Wohnungstür und fuhr ins Polizeipräsidium.

Hemberg saß in seinem Zimmer und hatte die Füße auf den Tisch gelegt. Er nickte Wallander zu, sich zu setzen.

»Wir haben uns geirrt«, sagte er. »Es gab eine Alternative, an die wir nicht gedacht haben. Sjunnesson hingegen hat sich nicht geirrt. In Håléns Wohnung war nichts. Nicht mehr. Aber es ist etwas da gewesen.«

Wallander verstand nicht, was Hemberg meinte.

»Ich gebe zu, daß ich auch darauf hereingefallen bin«, sagte Hemberg. »Aber das, was in der Wohnung gewesen ist, hatte Hålén bereits mitgenommen.«

»Aber er war doch tot!«

Hemberg nickte. »Der Gerichtsmediziner

hat vorhin angerufen«, sagte er. »Die Obduktion ist abgeschlossen. Und er hat etwas sehr Interessantes in Håléns Magen gefunden.«

Hemberg nahm die Füße vom Tisch. Dann holte er aus einer seiner Schubladen ein zusammengefaltetes kleines Stück Tuch heraus und wickelte es vorsichtig vor Wallander auf.

Es kamen Steine zum Vorschein. Edelsteine. Was für welche, konnte Wallander nicht sagen.

»Kurz bevor du gekommen bist, war ein Juwelier hier«, sagte Hemberg. »Er hat eine vorläufige Schätzung vorgenommen. Es sind Diamanten. Vermutlich aus Südafrika. Er meinte, sie wären ein kleines Vermögen wert. Und das hatte Hålén also verschluckt.«

»Hatte er die Steine im Magen?«

Hemberg nickte.

»Kein Wunder, daß wir sie nicht gefunden haben. Aber warum hat er sie verschluckt? Und wann hat er es getan?«

»Die letzte Frage ist vielleicht die wichtigere. Der Gerichtsmediziner meinte, er habe sie nur ein paar Stunden vor seinem Tod geschluckt. Bevor der Magen und die Därme aufgehört haben zu funktionieren. Worauf läßt das deiner Meinung nach schließen?«

»Daß er Angst hatte.«

»Richtig.« Hemberg schob das Tuch mit den Diamanten zur Seite und legte die Füße wieder auf den Tisch. Wallander roch, daß er Schweißfüße hatte. »Faß das mal für mich zusammen«, sagte Hemberg.

»Ich weiß nicht, ob ich das kann.«

»Versuch es.«

»Hålén schluckte die Diamanten, weil er Angst davor hatte, daß jemand sie stehlen würde. Dann erschoß er sich. Die Person, die in der Nacht darauf in der Wohnung war, hat danach gesucht. Aber den Brand kann ich nicht erklären.«

»Kann man es nicht auch anders sehen?« schlug Hemberg vor. »Wenn du eine kleine Änderung von Håléns Motiv vornimmst, wohin kommst du dann?«

Wallander verstand plötzlich, worauf Hemberg hinauswollte.

»Vielleicht hatte er keine Angst«, sagte er. »Vielleicht hatte er nur beschlossen, sich nie von seinen Diamanten zu trennen.«

Hemberg nickte. »Man kann noch eine Schlußfolgerung ziehen: Jemand wußte, daß Hålén diese Diamanten hatte.«

»Und daß Hålén wußte, daß der andere es wußte.«

Hemberg nickte anerkennend. »Du machst dich«, sagte er. »Auch wenn es ziemlich langsam geht.«

»Trotzdem erklärt das nicht den Brand.«

»Man muß sich immer fragen, was wichtiger ist«, sagte Hemberg. »Wo ist das Zentrum? Wo ist der eigentliche Kern? Der Brand kann ein Ablenkungsmanöver sein. Oder die Tat eines Menschen, der wütend geworden ist.«

»Und wer soll das sein?«

Hemberg zuckte mit den Schultern. »Das werden wir wohl kaum erfahren. Hålén ist tot. Wie er zu den Diamanten gekommen ist, wissen wir nicht. Wenn ich damit zum Staatsanwalt gehe, lacht er mich aus.«

»Und was geschieht nun mit den Diamanten?«

»Die fallen der Staatskasse zu. Und wir können unsere Papiere abstempeln und den Bericht über Håléns Tod so tief vergraben, wie es nur möglich ist.«

»Bedeutet das, daß der Brand nicht untersucht wird?« fragte Wallander.

»Zumindest nicht besonders gründlich«, antwortete Hemberg. »Es gibt ja auch keinen Grund dafür.«

Hemberg war aufgestanden und zu einem Schrank an einer der Wände getreten. Er holte einen Schlüssel aus der Tasche und schloß auf. Dann nickte er Wallander zu, zu ihm zu kommen. Er zeigte auf ein paar Mappen, die dort, mit einem Band umwickelt, für sich lagen.

»Dies sind meine ständigen Begleiter«, sagte Hemberg. »Drei Mordfälle, die noch nicht aufgeklärt und auch noch nicht verjährt sind. Es sind eigentlich nicht meine Fälle. Wir gehen die Akten einmal im Jahr durch. Oder wenn neues Material auftaucht. Dies hier sind keine Originale, sondern Kopien. Es kommt manchmal vor, daß ich sie durchblättere. Es kommt sogar vor, daß ich von ihnen träume. Den meisten Polizisten geht es nicht so. Die tun ihren Job, und wenn sie nach Hause gehen, dann vergessen sie alles, womit sie sich beschäftigt haben.

Aber dann gibt es noch einen anderen Typ, solche wie mich. Die das, was noch nicht aufgeklärt ist, nicht loslassen können. Ich nehme diese Mappen sogar mit, wenn ich in Urlaub fahre. Drei Mordfälle. Ein neunzehnjähriges Mädchen, 1963. Ann-Luise Franzén. Sie lag erdrosselt hinter Büschen an der nördlichen Ausfahrt. Leonard Johansson. Auch 1963. Erst siebzehn Jahre alt. Ihm hat jemand mit einem Stein den Kopf zerschmettert. Wir haben ihn am Strand südlich der Stadt gefunden.«

»An den erinnere ich mich«, sagte Wallander. »Hat man nicht vermutet, daß es einen Streit um ein Mädchen gegeben hatte, der außer Kontrolle geraten war?«

»Es gab einen Streit um ein Mädchen«, bestätigte Hemberg. »Wir haben den Rivalen über mehrere Jahre hinweg immer wieder verhört, aber wir konnten ihm nichts nachweisen. Und ich glaube auch nicht, daß er es war.«

Hemberg wies auf die unterste Mappe. »Noch ein Mädchen. Lena Moscho. Zwanzig Jahre. 1959. Im gleichen Jahr, in dem ich hier nach Malmö kam. Sie ist mit abgeschlagenen Händen neben der Straße nach Svedala vergraben worden. Ein Hund hat sie aufgestöbert. Sie ist vergewaltigt worden. Sie wohnte mit ihren Eltern bei Jägersro. Ein anständiges Mädchen, Medizinstudentin. Ausgerechnet. Es war im April. Sie wollte eine Zeitung kaufen und ist nie zurückgekommen. Sie wurde erst nach fünf Monaten gefunden.«

Hemberg schüttelte den Kopf. »Du wirst sehen, zu welchem Typ du gehörst«, sagte er und schloß den Schrank. »Zu denen, die vergessen, oder zu denen, die es nicht tun.«

»Ich weiß noch nicht einmal, ob ich geeignet bin«, sagte Wallander.

»Du willst auf jeden Fall zu uns«, erwiderte Hemberg. »Und das ist ein guter Anfang.«

Hemberg zog sein Jackett an. Wallander sah auf seiner Uhr, daß es fünf vor sieben war. »Ich muß jetzt gehen«, sagte er.

»Ich kann dich nach Hause fahren«, bot Hemberg an. »Wenn du es nicht zu eilig hast.«

»Ich habe es aber ein bißchen eilig«, sagte Wallander.

Hemberg zuckte mit den Schultern. »Jetzt weißt du jedenfalls, was Hålén im Magen hatte.«

Wallander hatte Glück und erwischte direkt vor dem Polizeipräsidium ein Taxi. Als er nach Rosengård kam, war es neun Minuten nach sieben. Er hoffte, daß Mona sich verspätet hatte. Aber als er den Zettel las, den er an seine Wohnungstür geheftet hatte, erkannte er, daß das ein Irrtum war. *Soll das so weitergehen?* stand da. Wallander nahm den Zettel ab. Die Heftzwecke kullerte die Treppe hinunter. Er machte sich nicht die Mühe, danach zu suchen. Bestenfalls würde sie in Linnea Almqvists Schuhen steckenbleiben.

Soll das so weitergehen? Wallander konnte Monas Ungeduld sehr gut verstehen. Sie hatte andere Erwartungen an ihr Berufsleben als er. Der Traum von einem eigenen Frisiersalon würde für sie noch lange nicht in Erfüllung gehen.

Er ging in die Wohnung und setzte sich aufs Sofa. Er fühlte sich schuldig. Er sollte Mona mehr Zeit widmen. Nicht nur hoffen, daß sie jedesmal, wenn er zu spät kam, geduldig auf ihn wartete. Sie jetzt anzurufen wäre sinnlos. Im Moment saß sie bestimmt in dem geliehenen Auto und war auf dem Weg nach Helsingborg.

Auf einmal überkam ihn das beunruhigende Gefühl, daß eigentlich alles falsch war. Hatte er sich wirklich klargemacht, was es bedeuten würde, mit Mona zusammenzuleben? Mit ihr Kinder zu haben?

Wir werden in Skagen miteinander reden, dachte er. Da haben wir Zeit. An einem Sandstrand kann man nicht zu spät kommen.

Er schaute auf die Uhr. Halb acht. Er schaltete den Fernseher ein. Wieder war irgendwo ein Flugzeug abgestürzt. Oder war ein Zug entgleist? Er ging in die Küche und hörte nur zerstreut auf die Nachrichten. Suchte vergebens nach einem Bier. Im Kühlschrank fand er eine angebrochene Limonadenflasche. Die Lust auf etwas Stärkeres nahm zu. Der Gedanke, noch einmal in die Stadt zu fahren und sich in irgendeine Bar zu setzen, war verlockend. Aber er verwarf ihn, weil er zu knapp bei Kasse war. Obwohl erst Monatsanfang war.

Statt dessen machte er sich Kaffee und dachte über Hemberg nach. Hemberg und seine ungelösten Fälle. Würde es ihm ebenso ergehen? Oder könnte er sich daran gewöhnen abzuschalten, wenn er nach Feierabend nach Hause ging? Um Monas willen werde ich dazu gezwungen sein, dachte er. Wenn nicht, dreht sie durch.

Sein Schlüsselbund schlug gegen den Stuhl. Er nahm es aus der Tasche und legte es ganz in Gedanken auf den Tisch. Dann tauchte etwas in seinem Kopf auf. Etwas, was mit Hålén zu tun hatte.

Das Extraschloß, das Hålén vor kurzer Zeit hatte einbauen lassen. Wie sollte man das deuten? Konnte es auf Angst schließen lassen? Und warum war die Tür angelehnt gewesen, als Wallander ihn fand?

Zu vieles paßte nicht zusammen. Obwohl Hemberg entschieden hatte, daß es Selbstmord war, nagte der Zweifel an Wallander.

Er wurde sich immer sicherer, daß hinter Håléns Selbstmord etwas steckte, an das sie noch nicht einmal gerührt hatten. Selbstmord oder nicht, da war noch mehr.

Wallander suchte in einer Küchenschublade nach einem Block und setzte sich, um die Punkte aufzuschreiben, die ihm immer noch zu schaffen machten. Da war das zusätzliche

Schloß. Der Tippschein. Warum war die Tür angelehnt gewesen? Wer war in der Nacht in der Wohnung gewesen und hatte nach den Edelsteinen gesucht? Warum der Brand?

Dann versuchte er sich zu erinnern, was in den Seemannsbüchern stand. *Rio de Janeiro* fiel ihm ein. Aber war das der Name eines Schiffes oder der Name der Stadt? *Göteborg* hatte er gelesen und *Bergen*. Dann fiel ihm ein, daß *Saint Luis* da gestanden hatte. Wo lag das? Er stand auf und ging ins Zimmer. In der hintersten Ecke des Kleiderschranks fand er seinen alten Schulatlas, aber plötzlich wurde er unsicher, was die Schreibweise betraf. War es Saint Louis oder Saint Luis? USA oder Brasilien? Als er im Register blätterte, stieß er plötzlich auf São Luis und war auf einmal sicher, daß dies richtig war.

Er ging seine Liste von neuem durch. Sehe ich etwas, was ich bisher nicht gesehen habe? fragte er sich. Einen Zusammenhang, eine Erklärung, ein Zentrum?

Er fand nichts.

Der Kaffee war kalt geworden. Unruhig ging er zurück zum Sofa. Mittlerweile wurde im

Fernsehen wieder diskutiert. Diesmal war es eine Runde von Menschen mit langen Haaren, die über die neue englische Popmusik sprachen. Er schaltete den Fernseher ab und legte eine Platte auf. Sofort begann Linnea Almqvist über ihm, auf den Fußboden zu klopfen. Am liebsten hätte er auf volle Lautstärke gedreht. Statt dessen machte er den Apparat aus.

In diesem Moment klingelte das Telefon. Es war Mona.

»Ich bin in Helsingborg«, sagte sie. »Ich stehe in einer Telefonzelle am Fähranleger.«

»Es tut mir leid, daß ich zu spät gekommen bin«, sagte Wallander.

»Du bist natürlich dienstlich unabkömmlich gewesen?«

»Sie haben mich tatsächlich angerufen, und zwar von der Kriminalabteilung. Obwohl ich noch nicht dort arbeite, wollten sie mit mir sprechen.«

Er hoffte, ihr damit ein bißchen imponieren zu können, hörte aber, daß sie ihm nicht glaubte. Zwischen ihnen wanderte das Schweigen hin und her.

»Kannst du nicht herkommen?« fragte er.

»Ich glaube, es ist am besten, wir machen eine Pause«, sagte Mona. »Mindestens eine Woche.«

Wallander spürte, wie ihm kalt wurde. War Mona im Begriff, sich von ihm zurückzuziehen?

»Ich glaube, es ist am besten so«, wiederholte sie.

»Ich dachte, wir wollten zusammen in Urlaub fahren.«

»Das tun wir auch. Wenn du es dir nicht anders überlegt hast.«

»Natürlich habe ich es mir nicht anders überlegt!«

»Du brauchst gar nicht so zu schreien. Du kannst mich in einer Woche anrufen, aber vorher nicht.«

Er wollte noch etwas sagen, aber sie hatte schon aufgelegt.

Den Rest des Abends blieb Wallander mit einem Gefühl wachsender Panik auf dem Sofa sitzen. Nichts fürchtete er so sehr, wie verlassen zu werden. Nur mit äußerster Anstrengung gelang es ihm, Mona nicht anzurufen, als Mitternacht längst vorbei war. Er ging ins Bett, stand aber sofort wieder auf. Der helle Sommerhimmel wirkte plötzlich bedrohlich. Er briet sich ein paar Eier, die er dann nicht aufaß.

Erst gegen fünf Uhr fiel er in einen unruhigen Schlaf. Doch sofort wurde er wieder hochgerissen und sprang aus dem Bett.

Ein Gedanke war ihm gekommen.

Der Tippschein.

Hålén mußte seine Scheine irgendwo abgegeben haben. Vermutlich jede Woche in derselben Annahmestelle. Weil er in der Regel das Viertel nicht verlassen hatte, mußte es bei einem der Tabakhändler gewesen sein, die in der Nähe lagen.

Was es eigentlich bringen würde, den richtigen Laden zu finden, wußte er nicht. Vermutlich gar nichts.

Trotzdem beschloß er, seinen Gedanken zu verfolgen. Das hatte zumindest das Gute, daß er sich die Panik, in die Mona ihn gestürzt hatte, vom Leibe hielt.

Er fiel für einige Stunden in einen leichten Schlaf.

Der nächste Tag war ein Sonntag. Wallander verbrachte ihn mit Nichtstun.

Am Montag, dem 9. Juni, tat er etwas, was er noch nie zuvor getan hatte. Er rief im Polizeipräsidium an und meldete sich krank. Als Ursache gab er eine Magen-Darm-Grippe an. Mona war in der Woche davor krank gewesen. Zu seiner Verwunderung hatte er überhaupt kein schlechtes Gewissen.

Es war bewölkt, aber trocken, als er kurz nach neun am Vormittag aus dem Haus ging. Es war windig und merklich kühler geworden. Der Sommer war noch nicht richtig in Gang gekommen.

Es gab zwei Tabakgeschäfte im Viertel, in denen Tippscheine angenommen wurden. Das eine lag in einer Seitenstraße ganz in der Nähe. Als Wallander eintrat, fiel ihm ein, daß er ein Foto von Hålén hätte mitnehmen sollen. Der Mann hinter dem Ladentisch war Ungar. Obwohl er seit 1956 in Schweden lebte, sprach er sehr schlecht Schwedisch. Aber er kannte Wallander, der bei ihm Zigaretten kaufte.

Das tat er auch jetzt, zwei Päckchen.

»Nehmen Sie Tippscheine an?« fragte Wallander.

»Ich dachte, Sie kaufen nur Lose.«

»Hat Artur Hålén bei Ihnen seine Tippscheine abgegeben?«

»Wer?«

»Der Mann, der vor ein paar Tagen bei dem Brand umgekommen ist.«

»Hat es einen Brand gegeben?«

Wallander erklärte, worum es ging. Aber der Mann hinter der Theke schüttelte den Kopf, als Wallander Hålén beschrieb.

»Er ist nicht hergekommen. Er muß zu jemand anderem gegangen sein.«

Wallander bezahlte und bedankte sich. Nieselregen hatte eingesetzt. Er beschleunigte seine Schritte. Die ganze Zeit dachte er an Mona. Auch mit dem nächsten Tabakgeschäft hatte Hålén nichts zu tun gehabt. Wallander stellte sich unter einen vorspringenden Balkon und fragte sich, was er da eigentlich tat. Hemberg würde glauben, daß ich nicht ganz gescheit bin, dachte er.

Dann ging er weiter. Bis zum nächsten Tabakladen brauchte er ungefähr zehn Minuten. Wallander bereute, daß er seine Regenjacke nicht angezogen hatte. Als er bei dem Laden ankam, der neben einem kleinen Lebensmittelgeschäft lag, mußte er warten. Die Verkäuferin war eine junge Frau in Wallanders Alter. Sie war schön. Wallander konnte seinen Blick nicht von ihr losreißen, während sie nach einer alten Nummer einer Motorradzeitschrift suchte, die der Kunde vor ihm haben wollte. Es fiel Wallander immer schwer, sich nicht spontan in eine schöne Frau zu verlieben, die seinen Weg kreuzte.

Da, und erst da, kamen seine quälenden Gedanken wegen Mona für einen Augenblick zur Ruhe.

Obwohl er schon zwei Päckchen Zigaretten gekauft hatte, kaufte er noch eins. Er versuchte sich vorzustellen, ob die Verkäuferin eine Frau war, die unangenehm berührt wäre, wenn er sagte, daß er Polizist war. Oder ob sie zur Mehrheit der Bevölkerung gehörte, die trotz allem immer noch der Meinung war, daß die meisten Polizisten nicht nur notwendig, sondern auch mit einer anständigen Arbeit befaßt waren. Er setzte auf das zweite.

»Ich habe noch ein paar Fragen«, sagte er, nachdem er seine Zigaretten bezahlt hatte. »Ich bin Kriminalassistent und heiße Kurt Wallander.«

»Ach«, sagte die Verkäuferin, »und wie kann ich Ihnen helfen?« Ihr Dialekt war ungewohnt.

»Sie sind nicht hier aus der Stadt«, sagte er.

»War es das, was Sie fragen wollten?«

»Nein.«

»Ich komme aus Lenhovda.«

Wallander wußte nicht, wo Lenhovda lag. Er tippte auf Blekinge, sagte es aber nicht, sondern kam zu der Frage nach Hålén und den Tippscheinen. Sie hatte von dem Brand gehört. Wallander beschrieb Håléns Aussehen. Sie überlegte.

»Vielleicht«, meinte sie. »Hat er schleppend gesprochen? Schweigsam sozusagen?«

Wallander dachte ein wenig nach. Das konnte auf Håléns Art und Weise, sich auszudrücken, durchaus zutreffen.

»Ich glaube, er spielte ein ziemlich kleines System«, sagte Wallander. »Zweiunddreißig Reihen oder so.«

Sie überlegte wieder. Dann nickte sie. »Doch«, sagte sie, »der ist hergekommen. Einmal in der Woche. Er hat abwechselnd zweiunddreißig und vierundsechzig Reihen getippt.«

»Erinnern Sie sich daran, was er anhatte?«

»Eine blaue Jacke«, antwortete sie sofort.

Wallander erinnerte sich, daß Hålén fast jedesmal, wenn er ihn getroffen hatte, eine blaue Jacke mit Reißverschluß trug.

Das Erinnerungsvermögen der Verkäuferin war ausgeprägt. Ihre Neugier ebenso.

»Hat er was ausgefressen?«

»Nicht, soweit wir wissen.«

»Ich habe gehört, daß es Selbstmord gewesen sein soll.«

»Das war es auch. Aber der Brand ist gelegt worden.«

Das hätte ich nicht sagen sollen, dachte Wallander. Das wissen wir noch nicht mit Sicherheit.

»Er hatte immer passendes Geld«, erzählte sie. »Warum fragen Sie, ob er hier seine Tippscheine abgegeben hat?«

»Reine Routine«, erwiderte Wallander. »Können Sie sich noch an etwas anderes erinnern?«

Ihre Antwort überraschte ihn. »Er hat das Telefon benutzt.«

Das Telefon stand auf einem kleinen Regal neben dem Tisch mit den Tippscheinen.

»Ist das häufig vorgekommen?«

»Jedesmal. Zuerst lieferte er den Tippschein ab und bezahlte. Dann telefonierte er, kam hierher zurück und bezahlte das Gespräch.« Sie biß sich auf die Lippe. »Eins war komisch mit diesen Gesprächen. Ich erinnere mich, daß ich das jedesmal gedacht habe.«

»Was denn?«

»Er wartete immer, bis ein weiterer Kunde hereinkam, bevor er wählte und zu reden anfing. Er hat nie telefoniert, solange nur er und ich hier drinnen waren.«

»Er wollte also nicht, daß Sie hörten, was er sagte?«

Sie zuckte mit den Schultern. »Er wollte wohl ungestört sein. Will man das nicht, wenn man telefoniert?«

»Und Sie haben nie gehört, was er gesagt hat?«

»Man kann mehr hören, als man denkt, auch wenn man einen anderen Kunden bedient.«

Ihre Neugier ist von großem Nutzen, dachte Wallander.

»Und was hat er gesagt?«

»Nicht viel«, erwiderte sie. »Die Gespräche waren immer sehr kurz. Eine Gesprächseinheit, glaube ich. Viel mehr nicht.«

»Eine Einheit?«

»Ich hatte den Eindruck, daß er sich mit jemandem verabredete. Er schaute während des Gesprächs oft auf die Uhr.«

Wallander überlegte. »Kam er immer an einem bestimmten Wochentag her?«

»Immer Mittwoch nachmittags. Zwischen zwei und drei, glaube ich. Vielleicht ein bißchen später.«

»Hat er etwas gekauft?«

»Nein.«

»Wie kommt es, daß Sie sich so genau daran erinnern? Sie müssen doch sehr viele Kunden haben.«

»Ich weiß es nicht«, sagte sie. »Aber ich glaube, man erinnert sich an mehr, als man denkt. Und wenn jemand fragt, dann kommt es hoch.«

Wallander betrachtete ihre Hände. Sie trug

keine Ringe. Er überlegte, ob er versuchen sollte, sie zum Ausgehen einzuladen, verwarf dann aber erschrocken den Gedanken.

Ihm war, als habe Mona gehört, was er gerade dachte.

»Fällt Ihnen noch etwas ein?« fragte er.

»Nein«, antwortete sie. »Aber ich bin sicher, daß er mit einer Frau gesprochen hat.«

Wallander war erstaunt. »Wie können Sie da so sicher sein?«

»So etwas hört man«, sagte sie entschieden.

»Sie meinen also, daß Hålén bei einer Frau angerufen und sich mit ihr verabredet hat?«

»Ja, aber was sollte daran komisch sein? Er war zwar alt, aber das kann man doch trotzdem tun.«

Wallander nickte. Sie hatte natürlich recht. Und wenn es stimmte, was sie sagte, hatte er außerdem etwas Wichtiges erfahren.

Es hatte eine Frau in Håléns Leben gegeben.

»Gut«, sagte er. »Fällt Ihnen sonst noch etwas ein?«

Bevor sie antworten konnte, betrat Kundschaft den Laden. Wallander wartete. Zwei kleine Mädchen wählten umständlich Süßigkeiten aus, die sie dann mit einer unendlichen Anzahl an Fünförestücken bezahlten.

»Diese Frau hat vermutlich einen Namen, der mit A beginnt«, sagte sie, als die Kinder den Laden wieder verlassen hatten. »Er sprach immer sehr leise. Aber vielleicht heißt sie Anna. Oder ein Doppelname. Irgendwas mit A.«

»Sind Sie sicher?«

»Nein«, erwiderte sie, »aber ich glaube, daß es so war.«

Wallander hatte nur noch eine Frage. »Und er kam immer allein?«

»Immer.«

»Sie waren mir eine große Hilfe«, sagte er.

»Kann man erfahren, warum Sie das alles wissen wollen?«

»Leider nicht«, antwortete Wallander. »Wir stellen Fragen. Aber auf die Frage, warum wir sie stellen, antworten wir nicht immer.«

»Man sollte vielleicht zur Polizei gehen«, meinte sie. »Ich jedenfalls habe nicht vor, den Rest meines Lebens hier im Laden zu verbringen.«

Wallander beugte sich über die Theke und

schrieb seine Telefonnummer auf einen kleinen Notizblock, der neben der Kasse lag.

»Rufen Sie mich mal an«, sagte er. »Dann können wir uns treffen. Und ich kann Ihnen erzählen, wie es ist, Polizist zu sein. Ich wohne hier ganz in der Nähe.«

»Wallander, haben Sie gesagt?«

»Kurt Wallander.«

»Ich heiße Maria. Aber machen Sie sich keine falschen Hoffnungen. Einen Freund habe ich schon.«

»Ich mache mir keine falschen Hoffnungen«, sagte Wallander und lächelte.

Dann ging er.

Einen Freund kann man immer besiegen, dachte er, als er wieder auf der Straße war, und blieb wie angewurzelt stehen. Was, wenn sie sich wirklich meldete? Er fragte sich, was er da gerade getan hatte. Gleichzeitig konnte er nicht umhin, eine gewisse Genugtuung zu empfinden.

Es geschah Mona ganz recht. Daß er einem Mädchen, das Maria hieß und sehr schön war, seine Telefonnummer gegeben hatte.

Als würde Wallander von der Strafe für die

nur gedachte Sünde ereilt, begann es in diesem Augenblick in Strömen zu regnen. Als er nach Hause kam, war er bis auf die Haut durchnäßt. Er legte die nassen Zigarettenpäckchen auf den Küchentisch und zog sich dann nackt aus. Jetzt sollte Maria hier sein und mich trockenreiben, dachte er. Soll Mona doch bleiben, wo sie ist, und ihre Scheißpause haben.

Er zog seinen Bademantel an und notierte sich alles, was Maria gesagt hatte, auf einem Block. Hålén hatte also jeden Mittwoch eine Frau angerufen. Eine Frau, deren Name mit A begann. Aller Wahrscheinlichkeit nach war es ihr Vorname. Die Frage war jetzt, was das bedeutete, außer daß der Mythos vom einsamen alten Mann zerstört worden war.

Wallander setzte sich an den Küchentisch und las, was er am Tag zuvor geschrieben hatte. Plötzlich kam ihm ein Gedanke. Irgendwo mußte es ein Seemannsregister geben. Etwas, was über Håléns Jahre als Seemann Aufschluß geben konnte. Auf welchen Schiffen war er gefahren?

Ich kenne jemanden, der mir helfen kann, dachte Wallander. Helena. Sie arbeitet in einer

Spedition, die sich auf Seefracht spezialisiert hat. Zumindest wird sie mir sagen können, wo ich suchen muß. Wenn sie nur nicht auf die Idee kommt, den Hörer aufzuknallen, wenn ich anrufe.

Es war noch nicht elf. Helena ging in der Regel nicht vor halb eins zum Mittagessen. Er würde mit anderen Worten noch Zeit haben, sie zu erwischen, bevor sie ihre Mittagspause machte.

Durch das Küchenfenster konnte er sehen, daß der Wolkenbruch schon vorüber war.

Wallander zog sich an und nahm den Bus zum Hauptbahnhof. Die Spedition, bei der Helena arbeitete, lag im Hafengebiet. Er trat durch das Tor. Der Mann in der Anmeldung erkannte ihn wieder und nickte ihm zu.

»Ist Helena noch drinnen?« fragte Wallander.

»Sie telefoniert, aber gehen Sie ruhig hoch. Sie wissen ja, wo ihr Zimmer ist.«

Nicht ohne innere Unruhe ging Wallander in den ersten Stock hinauf. Es könnte ja sein, daß sie wütend würde. Aber er versuchte sich damit zu beruhigen, daß sie in erster Linie verblüfft wäre. Das würde ihm die Zeit geben, die er brauchte, um zu erklären, daß er in einer rein beruflichen Angelegenheit hier war. Es war nicht der ehemalige Freund Kurt Wallander, der kam, sondern es war der Polizist gleichen Namens, der zukünftige Kriminalbeamte.

Helena Aaronsson, Assistentin, stand an der Tür. Wallander holte tief Luft und klopfte. Er hörte ihre Stimme und öffnete die Tür. Sie hatte ihr Telefongespräch beendet und saß vor der Schreibmaschine.

Er hatte recht gehabt. Sie war wirklich verblüfft, sah aber nicht verärgert aus. »Du?« fragte sie. »Was tust du denn hier?«

»Ich komme in einer dienstlichen Angelegenheit«, sagte Wallander. »Ich dachte, du könntest mir helfen.«

Sie war aufgestanden und blickte ihn abweisend an.

»Ich meine es ernst«, versicherte Wallander. »Nichts Privates, überhaupt nicht.«

Sie war weiterhin auf der Hut. »Und womit sollte ich dir helfen können?«

»Darf ich mich setzen?«

»Nur, wenn es nicht zu lange dauert.«

Das gleiche Machtgefüge wie bei Hemberg, dachte Wallander. Man soll stehen und sich unterlegen fühlen, während die, die die Macht haben, sitzen. Er setzte sich hin und fragte sich gleichzeitig, wie er in die Frau auf der anderen Seite des Schreibtisches so verliebt hatte sein können. Jetzt konnte er sich an nichts anderes erinnern, als daß sie steif und oft richtig abweisend gewesen war.

»Mir geht es gut«, sagte sie, »also danach brauchst du nicht zu fragen.«

»Mir auch.«

»Und was willst du?«

Wallander ärgerte sich über ihren schroffen Ton, aber er erzählte, was passiert war. »Du kennst dich doch in der Schiffahrt aus«, endete er. »Und du weißt sicher, wie ich in Erfahrung bringen kann, womit Hålén auf See eigentlich beschäftigt war. Für welche Reedereien er gearbeitet hat, auf welchen Schiffen er gefahren ist.«

»Ich habe mit Fracht zu tun«, sagte Helena. »Wir mieten Schiffe oder Lagerplätze für Kokkums und Volvo, sonst nichts.«

»Aber es muß doch jemanden geben, der das weiß.«

»Kann die Polizei das nicht anders herausfinden?«

Diese Frage hatte Wallander erwartet. Deswegen hatte er auch eine Antwort parat. »Diese Ermittlung wird ein bißchen nebenher geführt«, antwortete er. »Aus Gründen, die ich dir nicht nennen kann.«

Er merkte, daß sie ihm nur teilweise glaubte. Gleichzeitig wirkte sie belustigt. »Ich kann ja mal einen meiner Kollegen fragen«, sagte sie. »Wir haben hier einen alten Kapitän. Und was bekomme ich dafür, wenn ich dir helfe?«

»Was willst du denn haben?« fragte er so freundlich, wie er konnte.

Sie schüttelte den Kopf. »Nichts.«

Wallander erhob sich. »Ich habe dieselbe Telefonnummer wie früher«, sagte er.

»Meine hat sich geändert«, antwortete Helena, »aber du bekommst sie nicht.«

Als Wallander wieder auf der Straße stand, merkte er, daß ihm der Schweiß ausgebrochen war. Die Begegnung mit Helena war anstrengender gewesen, als er sich hatte eingestehen wollen. Er blieb stehen und fragte sich, was er tun sollte. Hätte er mehr Geld bei sich gehabt, hätte er nach Kopenhagen hinüberfahren können. Aber er durfte nicht vergessen, daß er sich krank gemeldet hatte. Jemand könnte bei ihm zu Hause anrufen. Er durfte nicht zu lange von zu Hause wegbleiben. Es fiel ihm immer schwerer, zu begründen, warum er seinem toten Nachbarn so viel Zeit widmete. Er ging in ein Café gegenüber dem Fähranleger. Bevor er bestellte, überschlug er, wieviel Geld er hatte. Am nächsten Tag würde er zur Bank gehen müssen. Dort lagen immer noch tausend Kronen. Das würde bis Ende des Monats reichen. Er aß Gulasch und trank Wasser.

Um ein Uhr stand er wieder auf der Straße. Neue Unwetter zogen von Südwesten heran. Er beschloß, nach Hause zu fahren. Aber als er einen Bus sah, der hinaus zum Vorort des Vaters fuhr, nahm er den. Wenn er schon sonst nichts tat, konnte er ja seinem Vater ein paar Stunden beim Packen helfen.

Im Haus herrschte ein unbeschreibliches Chaos. Der Vater saß mit einem kaputten Strohhut auf dem Kopf da und las in einer alten Zeitung. Er blickte Wallander erstaunt an.

»Hast du aufgehört?« fragte er.

»Aufgehört womit?«

»Ich meine, ob du zur Vernunft gekommen bist und aufgehört hast, als Polizist zu arbeiten.«

»Ich habe heute frei«, erwiderte Wallander. »Und es hilft überhaupt nichts, daß du dieses Thema immer wieder aufgreifst. Wir werden uns nie einigen.«

»Ich habe eine Zeitung aus dem Jahr 1949 gefunden«, sagte sein Vater. »Darin steht viel Interessantes.«

»Du hast doch wohl keine Zeit, zwanzig Jahre alte Zeitungen zu lesen.«

»Damals habe ich es nicht geschafft«, sagte sein Vater. »Unter anderem deshalb, weil ich einen zweijährigen Sohn im Haus hatte, der den ganzen Tag geschrien hat. Deshalb lese ich sie jetzt.«

»Ich hatte eigentlich vor, dir beim Packen zu helfen.«

Der Vater zeigte auf einen Tisch, auf dem Porzellan stand. »Das da soll in Kisten verpackt werden«, sagte er. »Aber es muß ordentlich gemacht werden. Es darf nichts kaputtgehen. Wenn ich einen kaputten Teller finde, mußt du ihn ersetzen.«

Der Vater wandte sich wieder seiner Zeitung zu. Wallander hängte seine Jacke auf und begann, das Porzellan einzupacken. Er konnte sich aus seiner Jugend an die Teller erinnern. Besonders erinnerte er sich an eine Tasse, aus der eine Ecke herausgebrochen war. Im Hintergrund blätterte der Vater die Seite um.

»Was ist das für ein Gefühl?« fragte Wallander.

»Was für ein Gefühl meinst du?«

»Umzuziehen.«

»Gut. Veränderung ist schön.«

»Und du hast das Haus noch immer nicht gesehen?«

»Nein, aber es wird mir mit Sicherheit gefallen.«

Mein Vater ist entweder verrückt, oder er wird langsam senil, dachte Wallander. Und ich kann nichts dagegen tun.

»Sollte Kristina nicht kommen?« fragte er.

»Sie ist einkaufen.«

»Ich würde sie gern sehen. Wie geht es ihr?«

»Gut. Außerdem hat sie einen prima Mann kennengelernt.«

»Ist er mitgekommen?«

»Nein, aber er scheint in jeder Hinsicht in Ordnung zu sein. Er wird schon dafür sorgen, daß ich bald Enkel bekomme.«

»Wie heißt er? Was tut er? Muß man dir alles aus der Nase ziehen?«

»Er heißt Jens und ist Dialyseforscher.«

»Was ist denn das?«

»Nieren, falls du mal davon gehört hast. Er ist Forscher. Außerdem liebt er es, Niederwild zu jagen.«

»Hört sich wirklich nach einem ausgezeichneten Mann an.«

Im gleichen Augenblick fiel Wallander ein Teller auf den Boden. Er zerbrach in zwei Teile.

Der Vater hob die Augen nicht von der Zeitung. »Das wird teuer«, sagte er nur.

Da hatte Wallander genug. Er nahm seine Jacke und ging ohne ein Wort zu sagen hinaus. Ich werde nie nach Österlen hinausfahren, dachte er. Ich setze keinen Fuß in sein Haus. Ich verstehe nicht, wie ich es mit dem Alten die ganzen Jahre über ausgehalten habe. Aber jetzt reicht es. Ohne es zu merken, hatte er angefangen, auf der Straße mit sich selber zu reden. Ein Radfahrer, der sich gegen den starken Wind duckte, blickte sich verwundert nach ihm um.

Wallander fuhr nach Hause. Die Tür zu Håléns Wohnung stand offen. Er ging hinein. Ein einsamer Kriminaltechniker war damit beschäftigt, Aschereste aufzusammeln.

»Ich dachte, ihr wärt fertig«, sagte Wallander erstaunt.

»Sjunnesson nimmt es genau«, antwortete der Techniker.

Das Gespräch wurde nicht fortgesetzt. Wallander ging zurück ins Treppenhaus und schloß seine Tür auf.

Im gleichen Moment kam Linnea Almqvist durch die Haustür herein. »Furchtbar«, sagte sie. »Armer Kerl. Und so allein, wie er war.«

»Er hatte aber anscheinend eine Freundin«, sagte Wallander.

»Das kann ich mir nicht denken«, antwortete Linnea Almqvist. »Das hätte ich gemerkt.«

»Das glaube ich bestimmt«, bestätigte Wallander, »aber er braucht sie ja nicht hier getroffen zu haben.«

»Man soll nicht schlecht von den Toten reden«, antwortete sie streng und wandte sich der Treppe zu.

Wallander fragte sich, wie man es als Verleumdung eines Toten verstehen konnte, wenn man erwähnte, daß es in dessen im übrigen einsamen Leben eine Frau gegeben hatte.

Als Wallander in seine Wohnung kam, konnte er die Gedanken an Mona nicht länger verdrängen. Er dachte, daß er sie anrufen sollte. Oder vielleicht ließ sie selbst im Laufe des Abends von sich hören. Um seine Unruhe loszuwerden, begann Wallander, alte Zeitungen zu sortieren und wegzuwerfen. Dann machte er sich ans Badezimmer. Er brauchte nicht lange, um festzustellen, daß sich dort bedeutend mehr Schmutz festgesetzt hatte, als er sich hatte vorstellen können. Erst nach drei Stunden gab er zufrieden auf. Es war fünf Uhr geworden. Er setzte Kartoffeln auf und schälte Zwiebeln.

In dem Moment klingelte das Telefon. Er dachte sofort, daß es Mona wäre, und fühlte sein Herz schneller schlagen.

Aber es war eine andere Frauenstimme, die

ihm aus dem Hörer entgegenkam. Sie nannte ihren Namen. Maria. Es dauerte ein paar Sekunden, bevor er begriff, daß es die Verkäuferin aus dem Tabakgeschäft war.

»Ich hoffe, ich störe nicht«, sagte sie. »Ich habe den Zettel verloren, den Sie mir gegeben haben. Sie stehen nicht im Telefonbuch. Ich hätte zwar die Auskunft anrufen können, aber ich habe statt dessen bei der Polizei angerufen.«

Wallander fuhr zusammen. »Und was haben Sie gesagt?«

»Daß ich einen Polizisten suche, der Kurt Wallander heißt. Und daß ich wichtige Informationen hätte. Zuerst wollten sie mir Ihre Privatnummer nicht geben, aber ich habe nicht lockergelassen.«

»Sie haben also nach Kriminalassistent Wallander gefragt?«

»Nein, ich habe nach Kurt Wallander gefragt. Spielt das denn eine Rolle?«

»Überhaupt nicht«, antwortete Wallander und fühlte sich erleichtert. Klatsch machte im Polizeipräsidium schnell die Runde. Es hätte Probleme mit sich bringen können und wäre außerdem eine unnötige, witzige Geschichte gewesen, daß Wallander herumlief und sich als Kriminalassistent ausgab. So wollte er seine Karriere als Kriminalbeamter nicht beginnen.

»Ich habe gefragt, ob ich störe«, wiederholte sie.

»Nein, überhaupt nicht.«

»Ich habe noch einmal nachgedacht«, sagte sie. »Über Hålén und seine Tippscheine. Er hat übrigens nie gewonnen.«

»Woher wissen Sie das?«

»Ich amüsiere mich damit nachzuschauen, was die Menschen tippen. Und Hålén hatte so gut wie überhaupt keine Ahnung von Fußball.«

Genau das hat Hemberg auch gesagt, dachte Wallander. Darüber dürfte jedenfalls kein Zweifel mehr bestehen.

»Ich habe auch noch einmal über die Telefongespräche nachgedacht«, fuhr sie fort. »Und da ist mir eingefallen, daß er einige Male auch noch jemand anders angerufen hat.«

Wallander wurde hellhörig. »Und wen?«

»Die Taxizentrale.«

»Woher wissen Sie das?«

»Ich hörte, wie er einen Wagen bestellte und die Adresse des Tabakgeschäfts angab.«

Wallander überlegte. »Und wie oft hat er ein Taxi bestellt?«

»Drei- oder viermal. Immer, nachdem er zuerst die andere Nummer angerufen hat.«

»Sie haben nicht zufällig gehört, wohin er fahren wollte?«

»Das hat er nie gesagt.«

»Ihr Erinnerungsvermögen ist nicht schlecht«, sagte Wallander anerkennend. »Aber Sie wissen nicht, wann er diese Telefongespräche geführt hat?«

»Es muß doch mittwochs gewesen sein.«

»Und wann zuletzt?«

Die Antwort kam schnell und sicher. »Letzte Woche.«

»Sind Sie sicher?«

»Ja, klar bin ich sicher. Er hat am letzten Mittwoch ein Taxi gerufen. Am 28. Mai, wenn Sie es genau wissen wollen.«

»Gut«, sagte Wallander. »Sehr gut.«

»Hilft Ihnen das?«

»Ganz bestimmt.«

»Wollen Sie mir immer noch nicht verraten, was passiert ist?«

»Ich kann nicht«, antwortete Wallander, »selbst wenn ich wollte.«

»Und können Sie es später erzählen?«

Das versprach Wallander. Dann beendete er das Gespräch und dachte noch einmal darüber nach, was sie gesagt hatte. Was bedeutete es? Hålén hatte irgendwo eine Frau. Nachdem er sie angerufen hatte, bestellte er ein Taxi.

Wallander piekste die Kartoffeln an. Sie waren noch nicht gar. Ihm fiel ein, daß er einen guten Freund hatte, der in Malmö Taxi fuhr. Sie waren von der ersten Klasse an Schulkameraden gewesen und hatten über die Jahre hinweg den Kontakt gehalten. Er hieß Lars Andersson, und Wallander erinnerte sich, daß er seine Telefonnummer auf der Innenseite des Telefonbuchs notiert hatte.

Er suchte die Nummer und wählte sie. Eine Frau nahm ab. Es war Anderssons Frau Elin. Wallander hatte sie ein paarmal getroffen.

»Ist Lars da?« fragte er.

»Er fährt«, erwiderte sie. »Aber er hat die Tagesschicht. Er kommt wohl bald nach Hause.«

Wallander bat sie, ihrem Mann zu sagen, er solle ihn anrufen.

»Was machen die Kinder?« fragte sie.

»Ich habe keine Kinder«, antwortete Wallander erstaunt.

»Dann muß ich etwas mißverstanden haben«, meinte sie. »Ich dachte, Lars hätte gesagt, Sie hätten zwei Söhne.«

»Leider nicht«, sagte Wallander. »Ich bin noch nicht einmal verheiratet.«

»Kinder kann man doch trotzdem kriegen«, sagte sie und beendete das Gespräch.

Die Kartoffeln waren mittlerweile fertig. Wallander bereitete sich daraus mit den Zwiebeln und Resten aus dem Kühlschrank eine Mahlzeit.

Mona hatte immer noch nicht angerufen.

Es hatte wieder angefangen zu regnen.

Von irgendwoher ertönte Akkordeonmusik.

Er fragte sich, was er eigentlich machte. Sein Nachbar Hålén hatte Selbstmord begangen. Vorher hatte er seine Diamanten geschluckt. Jemand hatte versucht, sie zu bekommen, und als das nicht gelang, vor Wut die Wohnung in Brand gesetzt. Idioten gab es genug. Ebenso wie gierige Menschen. Aber es war kein Verbrechen, Selbstmord zu begehen. Und auch nicht, habgierig zu sein.

Es wurde halb sieben. Lars Andersson hatte noch nicht zurückgerufen. Wallander entschloß sich, bis sieben Uhr zu warten, dann würde er es nochmals versuchen.

Um fünf vor sieben klingelte das Telefon. Es war Andersson.

»Wir haben immer mehr zu fahren, wenn es regnet. Elin sagte, daß du angerufen hast.«

»Ich bin da mit einer Ermittlung beschäftigt«, sagte Wallander. »Und ich dachte, du könntest mir vielleicht helfen. Es geht darum, einen Taxifahrer zu finden, der am vorigen Mittwoch eine Fahrt hatte. Gegen drei Uhr. Von einer Adresse hier in Rosengård. Ein Mann namens Hålén.«

»Was ist denn passiert?«

»Ich kann im Moment nicht darüber sprechen«, erwiderte Wallander und merkte, wie sein Unbehagen jedesmal größer wurde, wenn er eine ausweichende Antwort gab.

»Das kriege ich wohl hin«, sagte Andersson. »Die Zentrale in Malmö ist auf Draht. Kannst du mir die Einzelheiten noch mal sagen? Und wo soll ich dann anrufen? Im Polizeipräsidium?«

»Am besten rufst du bei mir an. Ich habe die ganze Sache in der Hand.«

»Von zu Hause aus?«

»Ja, im Moment jedenfalls.«

»Ich werde sehen, was ich tun kann.«

»Wie lange wirst du wohl dafür brauchen?«

»Wenn wir Glück haben, geht es schnell.«

»Ich bin zu Hause«, sagte Wallander. Er gab Andersson alle Einzelheiten, die er hatte. Als das Gespräch vorüber war, trank er Kaffee. Mona hatte immer noch nicht angerufen. Dann dachte er an seine Schwester. Und daran, welche Erklärung sein Vater wohl dafür gegeben hatte, daß Wallander das Haus so schnell wieder verlassen hatte. Wenn er es überhaupt für nötig befunden hatte, zu erwähnen, daß sein Sohn dagewesen war. Kristina ergriff häufig Partei für den Vater. Wallander hatte den Verdacht, daß es eigentlich aus Feigheit geschah. Daß sie vor ihrem Vater und seinen Launen Angst hatte.

Dann sah Wallander die Nachrichten. Die

Autoindustrie boomte. In Schweden herrschte Hochkonjunktur. Danach folgten Bilder von einer Hundeausstellung. Er drehte den Ton leiser. Es regnete immer noch. In einiger Entfernung glaubte er Donner zu hören. Aber vielleicht war es auch nur ein Flugzeug, das zur Landung in Bulltofta ansetzte.

Es war zehn Minuten nach neun, als Andersson ihn wieder anrief.

»Es war so, wie ich dachte«, sagte er. »In der Taxizentrale in Malmö herrscht Ordnung.«

Wallander hatte seinen Block und einen Bleistift herangezogen.

»Die Fahrt ging nach Arlöv. Es ist kein Name aufgezeichnet. Aber der Fahrer hieß Norberg. Du könntest versuchen, ihn zu fassen zu kriegen und zu fragen, ob er sich an das Aussehen des Fahrgastes erinnert. Doch eigentlich ist es nicht notwendig.«

»Besteht kein Risiko, daß es sich um eine andere Fahrt gehandelt haben könnte?«

»Kein anderer hat am Mittwoch einen Wagen zu der Adresse bestellt.«

»Die Fahrt ging also nach Arlöv.«

»Ja, genau gesagt in die Smedsgata 9. Direkt

neben der Zuckerfabrik. Ein altes Reihenhausviertel.«

»Also keine Mehrfamilienhäuser mit verschiedenen Mietparteien«, sagte Wallander. »Es wohnt dort nur eine Familie oder eine Person in jedem Haus.«

»Das sollte man jedenfalls annehmen.«

Wallander notierte. »Vielen Dank«, sagte er dann. »Das hast du gut gemacht.«

»Ich habe vielleicht noch mehr zu bieten«, meinte Andersson. »Auch wenn du nicht danach gefragt hast. Aber es gab auch eine Fahrt von der Smedsgata zurück in die Stadt. Genauer gesagt, am Donnerstag morgen um vier Uhr. Der Fahrer hieß Orre. Aber der macht im Moment Urlaub auf Mallorca.«

Können Taxifahrer sich das leisten, dachte Wallander. Ohne sogenanntes schwarzes Geld einzufahren?

Andersson gegenüber erwähnte er jedoch nichts von seinem Argwohn. »Das kann wichtig sein«, sagte er nur.

»Hast du immer noch kein Auto?«

»Noch nicht.«

»Hast du vor, hinauszufahren?«

»Ja.«

»Du kannst natürlich einen Polizeiwagen nehmen.«

»Natürlich.«

»Sonst könnte ich dich fahren. Ich habe nichts Besonderes vor. Wir haben uns so lange nicht gesehen.«

Wallander entschloß sich sofort, das Angebot anzunehmen, und Lars Andersson versprach, ihn in einer halben Stunde abzuholen. Inzwischen rief Wallander die Auskunft an und fragte, ob es in der Smedsgata 9 in Arlöv einen Telefonteilnehmer gebe. Er erfuhr, daß es in der Tat einen Teilnehmer gab, daß die Nummer aber geheim war.

Der Regen war stärker geworden. Wallander zog Gummistiefel und eine Regenjacke an. Er stellte sich ans Küchenfenster und sah Andersson vor dem Haus bremsen. Der Wagen hatte kein Schild auf dem Dach. Es war sein Privatwagen. Ein Wahnsinnsvorhaben in einem Wahnsinnswetter, dachte Wallander, als er die Wohnungstür abschloß. Aber lieber das, als hier auf und ab zu laufen und darauf zu warten, daß Mona anruft. Und sollte sie es tun, dann geschieht es ihr ganz recht, daß ich nicht da bin.

Lars Andersson begann sofort damit, alte Schulerinnerungen auszukramen. An das meiste konnte Wallander sich überhaupt nicht mehr erinnern. Oft fand er Andersson ermüdend, weil er ständig in die Schulzeit zurückkehrte, als sei sie die bisher beste Zeit seines Lebens gewesen. Für Wallander war die Schule ein grauer Alltag gewesen, der nur durch Geographie und Geschichte etwas aufgehellt wurde. Aber er mochte den Mann am Steuer dennoch. Seine Eltern hatten draußen in Limhamn eine Bäckerei gehabt. Zeitweise waren die beiden Jungen sehr viel zusammengewesen, und auf Lars Andersson hatte Wallander sich immer verlassen können. Ein Mensch, der die Freundschaft ernst nahm.

Sie ließen Malmö hinter sich und waren bald in Arlöv.

»Fährst du oft hierher?« fragte Wallander.

»Es kommt schon vor. Meistens an den Wochenenden. Leute, die in Malmö oder Kopenhagen gesoffen haben und nach Hause wollen.«

»Hast du irgendwann einmal Probleme gehabt?«

Lars Andersson warf ihm einen Blick zu. »Wie meinst du das?«

»Bist du mal überfallen oder bedroht worden, was weiß ich?«

»Nie. Einen habe ich mal gehabt, der abhauen wollte, ohne zu bezahlen. Aber den habe ich eingeholt.«

Sie befanden sich jetzt innerhalb der Ortschaft. Lars Andersson fuhr direkt zu der Adresse.

»Hier ist es«, sagte er und zeigte durch das nasse Wagenfenster. »Smedsgata 9.«

Wallander kurbelte die Scheibe herunter und blinzelte in den Regen hinaus. Nummer neun war das letzte in einer Reihe von sechs Häusern. Es war Licht in einem Fenster, also war jemand zu Hause.

»Willst du nicht hineingehen?« fragte Andersson erstaunt.

»Es geht um eine Bewachung«, erwiderte Wallander ausweichend. »Wenn du ein bißchen weiter vorfährst, steige ich aus und schaue mir das Ganze einmal an.«

»Willst du, daß ich mitkomme?«

»Danke, das ist nicht nötig.«

Wallander stieg aus dem Auto und zog sich die Kapuze seiner Regenjacke über den Kopf. Was mache ich jetzt, dachte er. Soll ich klingeln und fragen, ob Hålén am letzten Mittwoch hier gewesen ist? Zwischen drei Uhr nachmittags und vier Uhr morgens? Vielleicht ist es eine Ehebruchsgeschichte. Was sage ich, wenn der Mann öffnet?

Wallander kam sich albern vor. Es ist sinnlos und kindisch und weggeworfene Zeit, dachte er. Das einzige, was ich bewiesen habe, ist, daß es tatsächlich eine Adresse Smedsgata 9 in Arlöv gibt.

Dennoch konnte er es nicht lassen, über die Straße zu gehen. Am Tor hing ein Briefkasten. Wallander versuchte, den Namen darauf zu entziffern. Er hatte Zigaretten und eine Schachtel Streichhölzer in der Jackentasche. Mit Mühe bekam er eins der Streichhölzer an und konnte den Namen erkennen, bevor die Flamme vom Regen gelöscht wurde.

»Alexandra Batista« hatte er gelesen. Soweit hatte Maria also recht gehabt. Es war der Vorname, der mit A begann. Hålén hatte eine Frau angerufen, die Alexandra hieß. Die Frage war nur, ob die Frau hier allein wohnte oder mit ihrer Familie.

Er schaute über den Zaun, um zu sehen, ob Kinderfahrräder oder etwas anderes darauf hindeuteten, daß das Haus von einer Familie bewohnt wurde. Aber er sah nichts.

Er ging um das Haus herum. Auf der anderen Seite befand sich ein brachliegendes Feld. Ein paar rostige Tonnen standen hinter einem eingefallenen Zaun. Das war alles.

Die Rückseite des Hauses war dunkel. Nur im Küchenfenster, das zur Straße hin lag, brannte Licht. Mit dem wachsenden Gefühl, sich auf etwas absolut Sinnloses eingelassen zu haben, entschloß sich Wallander, seine Untersuchung zu Ende zu bringen. Er stieg über den niedrigen Zaun und lief über den Rasen zum Haus. Wenn mich jemand gesehen hat, werden sie die Polizei rufen, dachte er, und ich werde festgenommen. Dann geht meine weitere Polizeikarriere in Rauch auf.

Er beschloß aufzugeben. Er konnte am nächsten Tag die Telefonnummer der Familie

Batista in Erfahrung bringen. War es eine Frau, die antwortete, könnte er einige Fragen stellen. War es ein Mann, würde er den Hörer auflegen.

Der Regen war schwächer geworden. Wallander trocknete sich das Gesicht. Er wollte gerade den gleichen Weg zurückgehen, den er gekommen war, als er entdeckte, daß die Tür zum Wintergarten offenstand. Sie haben vielleicht eine Katze, dachte er, die in der Nacht frei rein und raus laufen darf.

Gleichzeitig hatte er das Gefühl, daß etwas nicht stimmte. Was es war, konnte er nicht sagen. Aber er wurde das Gefühl nicht los. Vorsichtig ging er zur Tür und lauschte. Der Regen hatte fast aufgehört. In der Ferne hörte er das Geräusch eines Lastwagens langsam schwächer werden und verschwinden. Im Haus war es still. Wallander verließ den Wintergarten und ging zurück auf die Vorderseite des Hauses.

Immer noch brannte Licht im Fenster, das angelehnt war. Er stellte sich an die Hauswand und lauschte. Alles war immer noch genauso still. Dann stellte er sich vorsichtig auf die Zehenspitzen und guckte durch die Scheibe. Er zuckte zusammen.

Drinnen saß eine Frau auf einem Stuhl und starrte ihn an.

Er lief zurück auf die Straße. Jeden Moment konnte jemand auf der Treppe stehen und um Hilfe rufen. Oder die Polizei würde erscheinen. Er rannte hinüber zum Auto, in dem Andersson wartete, und ließ sich auf den Vordersitz fallen.

»Ist etwas passiert?«

»Fahr bloß los«, sagte Wallander.

»Und wohin?«

»Weg von hier. Zurück nach Malmö.«

»War jemand zu Hause?«

»Frag nicht. Starte einfach und fahr los.«

Lars Andersson tat, was Wallander sagte. Sie kamen auf die Hauptstraße nach Malmö. Wallander dachte an die Frau, die ihn angestarrt hatte. Das Gefühl war wieder da. Irgend etwas stimmte nicht.

»Fahr auf den nächsten Parkplatz«, sagte er. Lars Andersson tat weiter, was ihm gesagt wurde. Sie hielten an. Wallander blieb still sitzen.

»Findest du nicht, daß ich wissen sollte, was hier eigentlich vorgeht?« fragte Andersson vorsichtig.

Wallander antwortete nicht. Da war etwas mit dem Gesicht dieser Frau. Etwas, worauf er nicht kam.

»Fahr zurück«, sagte er dann.

»Nach Arlöv?«

Wallander spürte, daß Andersson die Lust zu verlieren begann.

»Ich erkläre es dir später«, sagte Wallander. »Fahr zurück zu derselben Adresse.«

»Ich nehme verdammt noch mal kein Geld von meinen Freunden«, sagte Andersson sauer.

Schweigend fuhren sie nach Arlöv zurück. Der Regen hatte jetzt aufgehört. Wallander stieg aus. Keine Polizeiwagen, keine Reaktionen. Nur das einsame Licht im Küchenfenster.

Wallander öffnete vorsichtig das Gartentor. Er ging zurück zum Fenster. Bevor er sich wieder auf die Zehenspitzen stellte, holte er ein paarmal tief Luft. Wenn es so war, wie er glaubte, würde es sehr unangenehm werden.

Er stellte sich auf die Zehenspitzen und griff nach der Fensterbank.

Die Frau saß immer noch auf dem Stuhl und starrte ihn an. Ihr Gesichtsausdruck war unverändert.

Wallander ging ums Haus herum und öffnete die Tür des Wintergartens. Im Licht der Straße konnte er eine Tischlampe erkennen. Er schaltete sie ein. Dann zog er seine Stiefel aus und ging in die Küche.

Die Frau saß auf dem Stuhl, aber sie sah Wallander nicht an. Sie starrte in Richtung Fenster. Eine Fahrradkette war mit Hilfe eines Hammerschafts um ihren Hals zusammengezogen worden.

Wallander fühlte sein Herz in der Brust hämmern.

Dann suchte er das Telefon, fand es draußen im Flur und rief das Polizeipräsidium in Malmö an.

Es war elf geworden. Wallander verlangte nach Hemberg. Er erfuhr, daß dieser das Präsidium gegen sechs Uhr verlassen hatte.

Wallander ließ sich die Privatnummer geben und rief sofort an.

Hemberg meldete sich. Man konnte hören, daß er aus dem Schlaf gerissen worden war.

Wallander berichtete ihm, was er entdeckt hatte.

Eine tote Frau saß auf einem Stuhl in einem Reihenhaus in Arlöv.

3

Hemberg kam kurz nach Mitternacht in Arlöv an. Die Spurensicherung hatte ihre Arbeit bereits aufgenommen. Wallander hatte Andersson mit seinem Wagen nach Hause geschickt, ohne ihm eine nähere Erklärung gegeben zu haben, was passiert war. Dann hatte er am Gartentor gestanden und gewartet, bis die ersten Streifenwagen eintrafen.

Er hatte mit einem Kriminalassistenten gesprochen, der Stefansson hieß und in seinem Alter war.

»Hast du sie gekannt?« fragte Stefansson.

»Nein«, antwortete Wallander.

»Und was tust du dann hier?«

»Das erkläre ich Hemberg«, sagte Wallander. Stefansson betrachtete ihn argwöhnisch. Aber er stellte keine weiteren Fragen.

Hemberg ging als erstes in die Küche. Er blieb in der Tür stehen und betrachtete die tote Frau. Wallander sah, wie er den Blick durchs Zimmer wandern ließ. Nachdem er eine längere Zeit so gestanden hatte, wandte er sich an Stefansson, der großen Respekt vor Hemberg zu haben schien. »Wissen wir, wer sie ist?«

Sie gingen ins Wohnzimmer. Stefansson hatte eine Handtasche geöffnet und einige Papiere auf einem Tisch verteilt. »Alexandra Batista Lundström«, antwortete er. »Nationalität schwedisch. Geboren in Brasilien. 1922. Offenbar ist sie unmittelbar nach dem Krieg hierhergekommen. Wenn ich die Papiere richtig verstanden habe, war sie mit einem Schweden verheiratet, der Lundström hieß. Es existieren Scheidungsunterlagen aus dem Jahr 1957. Damals war sie schon schwedische Staatsangehörige. Den schwedischen Nachnamen hat sie später nicht mehr verwendet. Ihr Postsparbuch läuft auf den Namen Batista, nicht Lundström.«

»Hatte sie Kinder?«

Stefansson schüttelte den Kopf. »Auf jeden Fall scheint niemand sonst hier gewohnt zu haben. Wir haben mit einem der Nachbarn gesprochen. Sie hat hier gewohnt, seit das Haus gebaut wurde.«

Hemberg nickte und wandte sich dann an Wallander. »Ich glaube, wir gehen mal nach oben und lassen die Techniker hier unten in Ruhe arbeiten.«

Stefansson wollte sich ihnen anschließen, aber Hemberg hielt ihn zurück. Im Obergeschoß waren drei Zimmer. Das Schlafzimmer der Frau, ein Zimmer, das bis auf einen großen Wäscheschrank vollkommen leer war, und ein Gästezimmer. Hemberg setzte sich auf das Bett im Gästezimmer und bedeutete Wallander, sich auf einen Stuhl zu setzen, der in einer Ecke stand.

»Eigentlich habe ich nur eine Frage«, begann Hemberg. »Kannst du dir denken, welche?«

»Du willst natürlich wissen, was ich hier tue.«

»Ich würde es ein bißchen stärker formulieren«, sagte Hemberg. »Was, verdammt noch mal, hast du hier zu suchen?«

»Das ist eine lange Geschichte«, sagte Wallander.

»Mach sie kurz«, erwiderte Hemberg. »Aber laß nichts aus.«

Wallander erzählte. Von dem Tippschein, von den Telefongesprächen, von den Taxifahrten. Hemberg hatte die Augen fest auf den Fußboden gerichtet, während er zuhörte. Als Wallander geendet hatte, saß er eine Weile schweigend da.

»Dafür, daß du einen Menschen entdeckt hast, der ermordet worden ist, muß ich dich natürlich loben«, begann er. »Deine Hartnäckigkeit läßt anscheinend nichts zu wünschen übrig. Außerdem hast du nicht völlig falsch gedacht. Aber abgesehen davon ist das hier vollkommen unmöglich. Bei der Polizei gibt es nichts, das individuelle und geheime Nachforschung heißt. Polizisten erteilen sich niemals, unter keinen Umständen, selbst Aufträge. Ich sage das nur ein einziges Mal.«

Wallander nickte, er hatte verstanden.

»Hast du noch andere Sachen auf Lager? Abgesehen von dem, was dich hier nach Arlöv gebracht hat?«

Wallander berichtete von seinem Kontakt mit Helena.

»Sonst nichts?«

»Nichts.«

Wallander war bereit, eine Standpauke über sich ergehen zu lassen. Aber Hemberg erhob sich nur vom Bett und nickte ihm zu mitzukommen.

Auf der Treppe blieb er stehen und wandte sich um. »Ich habe den Tag über versucht, dich zu erreichen«, sagte er, »um zu erzählen, daß die Untersuchung der Waffe abgeschlossen ist. Sie hat nichts Unerwartetes erbracht. Aber mir wurde gesagt, du wärst krank geschrieben?«

»Ich hatte heute morgen Bauchschmerzen. Magen-Darm-Grippe.«

Hemberg betrachtete ihn ironisch. »Die war aber kurz«, sagte er. »Und weil du genesen zu sein scheinst, kannst du ja heute nacht hierbleiben. Vielleicht lernst du was. Faß nichts an, sag nichts, aber merk dir alles.«

Um halb vier wurde die Frau fortgebracht. Kurz nach eins war Sjunnesson nach Arlöv gekommen. Wallander hatte sich gefragt, warum der Mann überhaupt nicht müde wirkte, obwohl es mitten in der Nacht war. Hemberg, Stefansson und noch ein weiterer Polizist waren systematisch die ganze Wohnung durchgegangen, hatten Schubladen aufgezogen und Schränke geöffnet und eine große Anzahl von Dokumenten gesammelt, die sie auf den Tisch gelegt hatten. Wallander hatte auch ein Gespräch zwischen dem Gerichtsmediziner Jörne und Hemberg verfolgt. Es bestand kein Zweifel daran, daß die Frau erdrosselt worden war. Doch Jörne hatte außerdem bei einer ersten Untersuchung Anzeichen dafür gefunden, daß sie vorher einen Schlag auf den Hinterkopf erhalten hatte. Hemberg erklärte, daß er vor allem wissen müsse, wie lange sie schon tot sei.

»Sie hat wohl ein paar Tage auf dem Stuhl gesessen«, erwiderte Jörne.

»Wie viele?«

»Ich will da nicht raten. Du wirst dich bis nach der Obduktion gedulden müssen.«

Als das Gespräch mit Jörne vorüber war, wandte Hemberg sich an Wallander. »Du verstehst natürlich, warum ich so gefragt habe«, sagte er.

»Du willst wissen, ob sie vor Hålén gestorben ist?«

Hemberg nickte. »Das würde uns eine denkbare Erklärung dafür geben, warum sich ein Mensch das Leben nimmt. Es ist nicht ungewöhnlich, daß Mörder Selbstmord begehen.«

Hemberg hatte sich auf das Sofa im Wohnzimmer gesetzt. Stefansson stand draußen im Flur und sprach mit dem Polizeifotografen.

»Eines können wir immerhin mit ziemlicher Sicherheit sagen«, meinte Hemberg nach einer Weile des Schweigens. »Die Frau ist getötet worden, als sie auf dem Stuhl saß. Jemand hat sie auf den Hinterkopf geschlagen. Daher stammen die Blutspuren auf dem Fußboden und auf dem Wachstuch. Dann ist sie erdrosselt worden. Das gibt uns mehrere mögliche Ausgangspunkte.«

Hemberg sah Wallander an.

Er testet mich, dachte Wallander. Er will wissen, ob ich etwas tauge. »Es ist ein Indiz dafür, daß die Frau denjenigen, der sie getötet hat, kannte.«

»Richtig. Und weiter?«

Wallander überlegte. Gab es noch eine

Schlußfolgerung, die er ziehen konnte? Er schüttelte den Kopf.

»Du mußt die Augen benutzen«, sagte Hemberg. »Stand etwas auf dem Tisch? Eine Tasse? Mehrere Tassen? Wie war sie gekleidet? Eine Sache ist die, daß sie den Täter gekannt hat. Laß uns der Einfachheit halber annehmen, es war ein Mann. Aber wie gut kannte sie ihn?«

Wallander begriff. Es irritierte ihn, daß er nicht sofort verstanden hatte, was Hemberg meinte. »Sie hatte Nachthemd und Morgenrock an«, sagte er. »Das zieht man doch kaum an, wenn irgend jemand zu Besuch kommt.«

»Wie sah es in ihrem Schlafzimmer aus?«

»Das Bett war ungemacht.«

»Schlußfolgerung?«

»Es könnte sein, daß Alexandra Batista mit dem Mann, der sie getötet hat, ein Verhältnis hatte.«

»Und weiter?«

»Es standen keine Tassen auf dem Tisch. Dagegen standen ein paar ungewaschene Gläser neben dem Herd.«

»Die werden wir untersuchen«, sagte Hemberg. »Was haben sie getrunken? Gibt es Fingerabdrücke? Leere Gläser können viele interessante Geschichten erzählen.«

Er erhob sich schwer vom Sofa. Wallander sah, daß er müde war.

»Wir wissen also eine ganze Menge«, fuhr Hemberg fort. »Weil nichts auf Einbruch hindeutet, arbeiten wir nach der Theorie, daß der Mörder andere, nämlich persönliche Motive hatte.«

»Das erklärt noch immer nicht den Brand zu Hause bei Hålén«, sagte Wallander.

Hemberg schaute ihn forschend an. »Jetzt galoppierst du voraus«, sagte er, »wo wir ruhig und methodisch traben sollten. Wir wissen gewisse Dinge mit einiger Sicherheit, und davon müssen wir ausgehen. Mit dem, was wir noch nicht wissen, sollten wir uns zurückhalten. Du kannst kein Puzzle legen, solange die Hälfte der Teile noch im Karton ist.«

Sie waren in den Flur hinausgetreten. Stefansson hatte seine Unterredung mit dem Fotografen beendet und sprach jetzt ins Telefon.

»Wie bist du hergekommen?« fragte Hemberg.

»Taxi.«

»Dann kannst du mit mir zurückfahren.«

Auf dem Rückweg nach Malmö saß Hemberg schweigend neben ihm. Sie fuhren durch Nebel und Nieselregen.

Hemberg setzte Wallander vor seinem Haus in Rosengård ab. »Nimm morgen Kontakt zu mir auf«, sagte er. »Natürlich nur, wenn du dich von deiner Magenverstimmung erholt hast.«

Wallander sah zu, daß er in seine Wohnung kam. Es war schon hell. Der Nebel begann sich zu lichten. Er machte sich nicht die Mühe, sich auszuziehen, sondern legte sich so aufs Bett. Kurz danach war er eingeschlafen.

Er wurde durch ein Klingeln an der Tür aus dem Schlaf gerissen. Schlaftrunken taumelte er in den Flur hinaus und öffnete.

Vor ihm stand seine Schwester Kristina. »Störe ich?«

Wallander schüttelte den Kopf und ließ sie herein.

»Ich habe die ganze Nacht gearbeitet. Wie spät ist es?«

»Sieben. Ich will heute mit Papa nach Löderup fahren. Aber ich dachte, ich könnte dich vorher noch sehen.«

Wallander bat sie, Kaffee zu machen, während er sich wusch und seine Kleider wechselte. Er hielt sein Gesicht lange unter den Kaltwasserhahn. Als er in die Küche zurückkam, hatte er die lange Nacht aus seinem Körper verjagt.

»Du bist einer der wenigen Männer, die ich kenne, die keine langen Haare haben«, sagte Kristina mit einem Lächeln.

»Das paßt nicht zu mir«, erwiderte Wallander. »Dabei habe ich es weiß Gott versucht. Einen Bart kann ich auch nicht tragen. Ich sehe damit völlig bescheuert aus. Mona hat gedroht, mich zu verlassen, als sie es gesehen hat.«

»Und wie geht es ihr?«

»Gut.«

Wallander überlegte einen Augenblick, ob er ihr erzählen sollte, was passiert war. Von dem Schweigen, das im Moment zwischen ihnen herrschte.

Früher, als sie beide noch zu Hause wohnten, hatten Kristina und er ein enges und vertrauensvolles Verhältnis zueinander. Dennoch entschied sich Wallander, nichts zu sagen. Seit sie in Stockholm lebte, war der Kontakt zwischen ihnen vage und unregelmäßig geworden.

Wallander setzte sich an den Tisch und fragte, wie es ihr ginge.

»Gut.«

»Vater hat gesagt, du hättest jemanden kennengelernt, der sich mit Nieren beschäftigt.«

»Er ist Ingenieur und arbeitet an der Entwicklung eines neuen Typs von Dialyseapparat.«

»Ich weiß nicht genau, was das ist«, sagte Wallander. »Aber es hört sich beeindruckend an.«

Dann wurde ihm klar, daß sie aus einem bestimmten Grund gekommen war. Er konnte es an ihrem Gesicht ablesen.

»Ich weiß nicht, woran es liegt«, sagte er, »aber ich sehe immer, wenn du etwas Besonderes willst.«

»Ich begreife nicht, wie du Papa so behandeln kannst!«

Wallander war verblüfft. »Was meinst du damit?«

»Was glaubst du denn? Du hilfst ihm nicht

beim Packen, du willst nicht einmal sein Haus in Löderup sehen. Wenn du ihn auf der Straße triffst, tust du so, als würdest du ihn nicht kennen.«

Wallander schüttelte den Kopf. »Hat er das gesagt?«

»Ja, und er ist sehr empört.«

»Nichts von alldem stimmt.«

»Aber ich habe dich auch nicht gesehen, seit ich hier bin. Und heute zieht er um.«

»Hat er dir nicht erzählt, daß ich da gewesen bin? Und daß er mich fast vor die Tür gesetzt hätte?«

»Davon hat er mir kein Wort gesagt.«

»Du brauchst nicht alles zu glauben, was er sagt. Jedenfalls nicht, was er über mich sagt.«

»Dann stimmt es also nicht?«

»Gar nichts stimmt. Er hat mir nicht einmal erzählt, daß er das Haus gekauft hat. Er hat es mir nicht zeigen wollen, nicht davon geredet, was es kostet. Als ich ihm beim Packen helfen wollte, habe ich einen alten Teller fallen lassen, und er hat ein wahnsinniges Theater veranstaltet. Ich bleibe sogar auf der Straße stehen und rede mit ihm, wenn ich ihm begegne. Auch wenn er manchmal nicht ganz gescheit aussieht.«

Wallander merkte, daß sie nicht überzeugt war. Das ärgerte ihn. Aber noch mehr empörte es ihn, daß sie dasaß und ihn maßregelte. Es erinnerte ihn an seine Mutter. Und an Mona. Und warum nicht auch an Helena. Frauen, die sich anmaßten, ihm vorzuschreiben, wie er sich zu benehmen hatte, konnte Wallander nicht ertragen. »Du glaubst mir nicht«, sagte er sauer, »aber das solltest du. Vergiß nicht, daß du in Stockholm wohnst und daß ich den Alten die ganze Zeit hier dicht auf der Pelle habe. Das ist ein gewisser Unterschied.«

Das Telefon klingelte. Es war zwanzig Minuten nach sieben. Wallander nahm ab.

Es war Helena. »Ich habe dich gestern abend angerufen«, sagte sie.

»Ich habe die Nacht über gearbeitet.«

»Weil sich niemand gemeldet hat, dachte ich, es wäre die falsche Nummer. Also habe ich Mona angerufen und sie gefragt.«

Wallander wäre beinah der Telefonhörer aus der Hand gefallen.

»Du hast was getan?«

»Ich habe Mona angerufen und nach deiner Nummer gefragt.«

Wallander waren sofort die Konsequenzen klar. Wenn Helena Mona angerufen hatte, bedeutete das, daß Monas Eifersucht mit voller Kraft aufwallen würde. Das würde ihr Verhältnis nicht verbessern.

»Bist du noch dran?« fragte sie.

»Ja«, antwortete Wallander. »Aber im Moment habe ich gerade Besuch von meiner Schwester.«

»Ich bin im Büro. Du kannst zurückrufen.«

Wallander legte auf und kehrte in die Küche zurück. Kristina sah ihn fragend an. »Ist dir nicht gut?«

»Doch«, sagte er, »aber ich muß jetzt arbeiten.«

Sie trennten sich im Flur.

»Du solltest mir glauben«, sagte Wallander. »Man kann sich nicht immer auf das verlassen, was Papa sagt. Grüß ihn von mir und sage ihm, daß ich hinauskomme, sobald ich kann. Wenn ich denn willkommen sein sollte und wenn mir endlich jemand erzählen würde, wo dieses Haus überhaupt liegt.«

»Am Ortsrand von Löderup«, erklärte Kristina. »Du fährst an einem Dorfladen vorbei, dann durch eine Weidenallee, und an deren Ende liegt das Haus auf der linken Seite. Zur Straße hin steht eine Steinmauer. Das Haus hat ein schwarzes Dach und ist sehr schön.«
»Bist du da gewesen?«
»Die erste Fuhre ist ja gestern abgegangen.«
»Weißt du, was er dafür bezahlt hat?«
»Das sagt er nicht.«
Kristina ging. Wallander winkte ihr durchs Küchenfenster nach. Seinen Ärger über das, was sein Vater gesagt hatte, schluckte er hinunter. Schlimmer war es schon, was Helena gesagt hatte. Wallander rief sie an. Als er hörte, daß sie ein anderes Telefongespräch führte, knallte er den Hörer auf. Er verlor selten die Kontrolle. Aber jetzt merkte er, daß er ziemlich dicht daran war. Er rief noch einmal an. Immer noch besetzt. Mona wird Schluß machen, dachte er. Sie wird glauben, daß ich wieder angefangen habe, Helena den Hof zu machen. Es wird keine Rolle spielen, was ich sagen werde. Sie wird es sowieso nicht glauben.

Er rief noch einmal an. Diesmal nahm sie ab.

»Was wolltest du vorhin?« fragte Wallander.
Ihre Stimme war fast böse, als sie antwortete.
»Mußt du so unfreundlich sein?«
»War es wirklich nötig, Mona anzurufen?«
»Sie weiß doch, daß ich mich nicht länger für dich interessiere.«
»Weiß sie das? Da kennst du aber Mona schlecht!«
»Ich habe nicht die Absicht, mich dafür zu entschuldigen, daß ich mich nach deiner Telefonnummer erkundigt habe.«
»Also, was wolltest du?«
»Dir von meinen Nachforschungen berichten. Kapitän Verke hat mir geholfen. Erinnerst du dich? Ich sagte doch, daß wir einen alten Kapitän hier haben.«
Wallander fiel es wieder ein.
»Ich habe Fotokopien vor mir auf dem Tisch. Listen von Matrosen und Maschinisten, die in den letzten zehn Jahren bei schwedischen Reedereien gearbeitet haben. Wie du dir vorstellen kannst, sind es ziemlich viele. Bist du übrigens sicher, daß der Mann nur auf Schiffen gearbeitet hat, die unter schwedischer Flagge fuhren?«

»Sicher bin ich überhaupt nicht«, erwiderte Wallander.

»Du kannst die Listen hier abholen«, sagte sie, »wenn du Zeit hast. Aber heute nachmittag habe ich eine Besprechung.«

Wallander versprach, noch am Vormittag zu kommen. Dann legte er auf und dachte, daß er jetzt eigentlich Mona anrufen müßte und ihr eine Erklärung geben sollte. Aber er ließ es auf sich beruhen. Er wagte es ganz einfach nicht.

Es war inzwischen zehn vor acht geworden. Er zog sich die Jacke an.

Der Gedanke daran, einen ganzen Tag auf Streife zu verbringen, verbesserte seine Laune nicht gerade.

Er wollte eben aus der Wohnung gehen, als das Telefon klingelte. Mona, dachte er. Jetzt ruft sie an und sagt mir, daß ich zur Hölle fahren soll. Er holte tief Luft und nahm den Hörer ab.

Es war Hemberg. »Was macht deine Magenverstimmung?«

»Ich war gerade auf dem Weg ins Präsidium.«

»Gut, aber komm zu mir hoch. Ich habe mit

Lohman gesprochen. Du bist schließlich ein Zeuge, mit dem wir noch zu reden haben. Heute also keine Streife. Außerdem bleiben dir die Razzien in den Drogenhöhlen erspart.«

»Ich komme«, sagte Wallander.

»Es reicht, wenn du um zehn Uhr hier bist. Ich dachte, du könntest dabeisitzen, wenn wir den Mord in Arlöv noch einmal gründlich durchgehen.«

Das Gespräch war vorbei. Wallander schaute auf die Uhr. Er würde noch Zeit genug haben, die Papiere abzuholen, die bei Helena auf ihn warteten. An der Küchenwand hing ein Busfahrplan. Wenn er sich beeilte, brauchte er nicht einmal zu warten.

Als er aus der Haustür trat, stand Mona da. Damit hatte er nicht gerechnet. Ebensowenig mit dem, was dann geschah. Sie kam umstandslos auf ihn zu und gab ihm eine Ohrfeige. Dann drehte sie sich um und ging davon.

Wallander war so verblüfft, daß er überhaupt nicht reagieren konnte. Seine Wange brannte, und ein Mann, der in der Nähe die Tür seines Wagens aufschloß, betrachtete ihn neugierig.

Mona war schon verschwunden. Langsam begann er, zur Bushaltestelle zu gehen. Jetzt hatte er einen Kloß im Hals. Er hatte nie geglaubt, daß Mona derart heftig reagieren würde.

Der Bus kam. Wallander fuhr ins Stadtzentrum. Der Nebel war jetzt verschwunden, aber es war bewölkt. Der Nieselregen hielt sich hartnäckig. Er saß im Bus, und sein Kopf war vollkommen leer. Die Ereignisse der Nacht existierten nicht mehr. Die Frau, die tot auf einem Stuhl in der Küche gesessen hatte, war Teil eines Traums. Das einzig Wirkliche war Mona, die ihn geohrfeigt hatte und dann ihrer Wege gegangen war. Ohne ein Wort. Ohne zu zögern.

Ich muß mit ihr reden, dachte er. Nicht jetzt, wo sie immer noch so wütend ist, aber heute abend.

Er stieg aus. Seine Wange brannte immer noch. Der Schlag war richtig hart gewesen. Er spiegelte sich in einem Schaufenster. Seine eine Backe war deutlich gerötet. Er blieb stehen. Überlegte, daß er eigentlich so bald wie möglich mit Lars Andersson sprechen müßte. Ihm für seine Hilfe danken und ihm erklären, was geschehen war.

Dann dachte er an ein Haus in Löderup, das er noch nie gesehen hatte. Und an das Haus, in dem er seine Kindheit verbracht hatte und das nicht mehr in der Familie war. Er ging weiter. Nichts wurde besser davon, daß er reglos auf einem Bürgersteig im Zentrum von Malmö stand.

Wallander nahm den dicken Umschlag entgegen, den Helena an der Rezeption für ihn hinterlegt hatte. »Ich muß mit ihr reden«, sagte er zu der Dame hinter der Scheibe.

»Sie ist beschäftigt. Sie hat mich gebeten, Ihnen dies hier zu geben.«

Wallander sagte sich, daß Helena über ihr Gespräch am Morgen verärgert war und ihn nicht treffen wollte. Es fiel ihm nicht sonderlich schwer, ihr das nachzufühlen.

Als er ins Polizeipräsidium kam, war es fünf Minuten nach neun. Er ging in sein Zimmer und sah zu seiner Erleichterung, daß dort niemand auf ihn wartete. Noch einmal überdachte er, was am Morgen passiert war. Wenn er im Frisiersalon anriefe, würde Mona sagen, sie hätte keine Zeit. Er mußte also bis zum Abend warten.

Er öffnete den Umschlag und war verblüfft darüber, daß Helena so viele Namenlisten verschiedener Reedereien zusammenbekommen hatte. Er suchte nach dem Namen Artur Hålén. Aber er fand ihn nicht. Am ähnlichsten waren der Name eines Matrosen, Håle, der meistens für die Grängesreederei gefahren war, und der eines Maschinenoffiziers Halén auf der Johnssonline. Wallander schob den Papierstapel beiseite. Wenn das Verzeichnis vollständig war, bedeutete dies, daß Hålén auf Schiffen gefahren war, die nicht unter schwedischer Flagge registriert waren. Dann würde es nahezu unmöglich sein, ihn zu finden. Wallander wußte plötzlich nicht mehr, was er eigentlich zu finden gehofft hatte. Eine Erklärung wofür?

Es hatte fast eine Dreiviertelstunde gedauert, die Listen durchzusehen. Er stand auf und ging eine Etage höher. Auf dem Flur stieß er mit seinem Chef zusammen. »Solltest du nicht bei Hemberg sein?« fragte Lohman.

»Ich bin auf dem Weg.«

»Was hast du eigentlich in Arlöv gemacht?«

»Das ist eine lange Geschichte. Darum geht es ja bei der Besprechung mit Hemberg.«

Lohman schüttelte den Kopf und eilte davon. Wallander war erleichtert, daß es ihm erspart blieb, die finsteren und deprimierenden Rauschgifthöhlen zu sehen, die seine Kollegen an diesem Tag durchsuchen mußten.

Hemberg saß in seinem Zimmer und blätterte in ein paar Papieren.

Wie gewöhnlich lagen seine Füße auf dem Tisch. Er sah auf, als Wallander in der offenen Tür erschien. »Was ist denn mit dir passiert?« fragte er und zeigte auf die Backe.

»Ich bin gegen eine Tür gelaufen«, erwiderte Wallander.

»Das ist genau die Antwort, die mißhandelte Ehefrauen geben, wenn sie ihre Männer nicht anzeigen wollen«, sagte Hemberg amüsiert und setzte sich auf seinem Stuhl zurecht.

Wallander fühlte sich durchschaut. Er fand es immer schwerer, zu verstehen, was Hemberg eigentlich meinte. Er schien über eine Art doppelter Sprache zu verfügen, bei der sein Gesprächspartner die ganze Zeit nach dem eigentlichen Sinn hinter den Worten suchen mußte.

»Wir warten immer noch auf das endgültige Resultat von Jörne«, sagte Hemberg. »So etwas braucht seine Zeit. Solange wir nicht genau wissen, wann die Frau gestorben ist, können wir nicht von der Theorie ausgehen, daß Hålén sie getötet hat und anschließend nach Hause gegangen ist, um sich zu erschießen. Aus Reue oder Angst.«

Hemberg stand auf und klemmte sich einen Stapel Papiere unter den Arm. Wallander folgte ihm zu einem Besprechungsraum etwas weiter den Korridor hinunter. Dort saßen schon einige Kriminalbeamte, unter ihnen Stefansson, der Wallander mißbilligend betrachtete. Sjunnesson reinigte seine Fingernägel und sah überhaupt keinen an. Außer ihnen waren noch zwei weitere Männer anwesend, die Wallander kannte. Der eine hieß Hörner, der andere Mattsson. Hemberg setzte sich ans Kopfende und wies auf einen Stuhl für Wallander.

»Muß uns jetzt schon die Ordnungspolizei helfen?« fragte Stefansson. »Haben die nicht genug mit ihren Scheißdemonstranten zu tun?«

»Die Ordnungspolizei braucht uns nicht zu

helfen«, erwiderte Hemberg geduldig. »Aber Wallander hat die Frau draußen in Arlöv gefunden. Deshalb ist er hier. So einfach ist das.«

Stefansson schien der einzige zu sein, der Wallanders Anwesenheit mit Mißbilligung zur Kenntnis nahm. Die anderen nickten freundlich. Wallander vermutete, daß sie vor allem froh darüber waren, Verstärkung zu bekommen. Sjunnesson legte den Zahnstocher fort, mit dem er seine Fingernägel gesäubert hatte. Offenbar war dies das Zeichen, daß Hemberg beginnen konnte. Wallander fiel die methodische Genauigkeit auf, mit der die Ermittlungsgruppe bei ihrer Besprechung vorging. Sie hielten sich einerseits an die vorliegenden Fakten. Anderseits erlaubten sie einander und vor allem Hemberg, Fühler in verschiedene Richtungen auszustrecken.

Warum war Alexandra Batista ermordet worden? Was konnte es für einen Zusammenhang mit Hålén geben? Gab es irgendwelche anderen Spuren?

»Die Edelsteine in Håléns Bauch«, sagte Hemberg gegen Ende der Sitzung. »Ich habe sie von einem Juwelier schätzen lassen. Hundertfünfzigtausend Kronen. Viel Geld also. Hier bei uns sind Menschen schon für wesentlich weniger ermordet worden.«

»Jemand hat vor ein paar Jahren einem Taxifahrer mit einem Eisenrohr den Kopf eingeschlagen«, sagte Sjunnesson. »Damals betrug die Beute zweiundzwanzig Kronen.«

Hemberg blickte sich am Tisch um. »Die Nachbarn?« fragte er. »Was gehört? Was gesehen?«

Mattsson blätterte in seinen Aufzeichnungen. »Keine Beobachtungen«, sagte er. »Die Batista hat isoliert gelebt. Ging selten aus, außer zum Einkaufen. Bekam keinen Besuch.«

»Jemand muß aber doch Hålén haben kommen sehen«, wandte Hemberg ein.

»Offenbar nicht. Dabei machten die nächsten Nachbarn den Eindruck, ganz normale Schweden zu sein. Das heißt unerhört neugierig.«

»Wann ist die Batista zuletzt gesehen worden?«

»Darüber gingen die Meinungen auseinander. Aber aus dem, was ich herausbekommen habe, kann man schließen, daß es schon ein paar Tage her ist. Ob es zwei oder drei Tage sind, ließ sich nicht klären.«

»Wissen wir, wovon sie lebte?«

Jetzt war Hörner an der Reihe. »Sie scheint eine kleine Rente bekommen zu haben«, sagte er, »teilweise unklaren Ursprungs. Es gibt da eine Bank in Portugal, die Filialen in Brasilien hat. Es dauert immer so verdammt lange mit Banken. Jedenfalls hat sie nicht gearbeitet. Wenn man gesehen hat, was sie in ihren Kleiderschränken und in der Speisekammer hatte, dann war ihr Leben nicht besonders aufwendig.«

»Aber das Haus?«

»Keine Kredite. Bar bezahlt von ihrem früheren Mann.«

»Und wo ist der?«

»In einem Grab«, antwortete Stefansson. »Er starb vor ein paar Jahren. Beerdigt in Karlskoga. Ich habe mit seiner Witwe gesprochen. Er hatte wieder geheiratet. Es war ein bißchen peinlich. Ich habe leider zu spät gemerkt, daß sie nichts von einer Alexandra Batista in seinem Leben gewußt hat. Kinder scheint die Batista übrigens nicht gehabt zu haben.«

»So kann es gehen«, meinte Hemberg und wandte sich Sjunnesson zu.

»Wir sind noch dabei«, sagte der. »Wir untersuchen die Fingerabdrücke auf den verschiedenen Gläsern. Sie scheinen Rotwein getrunken zu haben. Spanischen, glaube ich. Wir vergleichen die Abdrücke mit denen auf einer leeren Flasche, die ebenfalls in der Küche stand. Gleichzeitig sind wir dabei zu überprüfen, ob wir die Abdrücke in unseren Registern haben. Und dann werden wir sie natürlich mit Håléns vergleichen.«

»Genaugenommen könnten sich seine Fingerabdrücke sogar in Interpolregistern befinden«, unterbrach ihn Hemberg. »Aber es dauert seine Zeit, bis wir von denen Bescheid bekommen.«

»Wir können davon ausgehen, daß der Mörder von Alexandra Batista hereingelassen wurde«, fuhr Sjunnesson fort. »Es gibt keine Einbruchsspuren an Fenstern oder Türen. Er könnte natürlich einen eigenen Schlüssel gehabt haben. Wir haben uns daraufhin Håléns Schlüsselbund angeschaut, aber es war keiner dabei, der paßte. Die Tür zum Wintergarten war angelehnt, wie uns Wallander berichtet hat. Weil die Batista weder eine Katze noch einen Hund gehabt hat, können wir davon ausgehen, daß sie offengestanden hat, um die Nachtluft hereinzulassen. Was wiederum darauf hinweisen dürfte, daß sie keine Angst hatte oder erwartete, daß irgend etwas passieren würde. Vielleicht hat aber auch der Täter auf diesem Wege das Haus verlassen. Auf der Rückseite konnte er nicht so leicht gesehen werden.«

»Andere Spuren?« drängte Hemberg.

»Nichts Aufsehenerregendes.«

Hemberg schob die Papiere fort, die vor ihm auf dem Tisch lagen. »Dann heißt es also weitermachen«, sagte er. »Die Gerichtsmediziner sollen sich ein bißchen beeilen. Das Beste, was uns hier passieren könnte, wäre, wenn wir Hålén mit dem Mord an der Batista in Verbindung bringen könnten. Ich persönlich glaube daran. Aber wir müssen weiter mit den Nachbarn reden und verschiedene Hintergründe abklopfen.«

Dann wandte Hemberg sich an Wallander. »Hast du noch etwas hinzuzufügen? Immerhin warst du es, der sie gefunden hat.«

Wallander schüttelte den Kopf und merkte, daß er einen ganz trockenen Mund hatte. »Nichts. Ich habe nichts Besonderes bemerkt, was ihr nicht schon kommentiert habt.«

Hemberg schlug einen Trommelwirbel mit den Fingern auf den Tisch. »Dann brauchen wir hier nicht länger zu sitzen«, sagte er. »Weiß jemand von euch, was es heute zu Mittag gibt?«

»Hering«, sagte Hörner. »Der ist meistens gut.«

Hemberg bat Wallander, mitzukommen und mit ihm zu essen, aber Wallander lehnte ab. Ihm war der Appetit vergangen. Er hatte das Bedürfnis, allein zu sein und nachzudenken. Er ging in sein Zimmer, um seine Jacke zu holen. Durch das Fenster sah er, daß der Nieselregen aufgehört hatte. Gerade als er das Zimmer verlassen wollte, kam einer seiner Kollegen von der Ordnungspolizei herein. Er warf seine Uniformmütze auf den Tisch.

»Pfui Teufel«, sagte er und ließ sich schwer auf einen Stuhl fallen. Er hieß Jörgen Berglund und stammte von einem Bauernhof in der Nähe von Landskrona. Wallander hatte manchmal

Probleme, seinen Dialekt zu verstehen. »Jetzt haben wir zwei von diesen Rauschgiftnestern ausgehoben«, fuhr Berglund fort. »In einem davon haben wir dreizehnjährige Mädchen gefunden, die schon vor Wochen von zu Hause verschwunden waren. Eins von ihnen hat so ekelhaft gerochen, daß man sich die Nase zuhalten mußte. Das andere hat Persson ins Bein gebissen, als wir sie hochheben wollten. Was geht hier in diesem Land eigentlich vor? Und warum warst du nicht dabei?«

»Ich bin zu Hemberg gerufen worden«, antwortete Wallander. Auf die andere Frage, was eigentlich in Schweden los war, wußte er keine Antwort.

Er nahm seine Jacke und ging.

In der Anmeldung wurde er von einem der Mädchen angehalten, die in der Telefonvermittlung saßen. »Hier ist eine Nachricht für dich«, sagte sie und reichte ihm einen Zettel durch die Glasscheibe. Es stand eine Telefonnummer darauf.

»Und was ist das?« fragte er.

»Es hat jemand angerufen und gesagt, er sei ein entfernter Verwandter von dir. Er sei nicht einmal sicher, daß du dich an ihn erinnern würdest.«

»Hat er nicht gesagt, wie er heißt?«

»Nein, aber er schien ziemlich alt zu sein.«

Wallander betrachtete die Telefonnummer. Sie hatte auch eine Vorwahl: 0411. Das kann doch nicht wahr sein, dachte er. Mein Vater ruft an und erklärt, er sei ein entfernter Verwandter, an den ich mich nicht einmal richtig erinnern könne.

»Wo liegt Löderup?« fragte er.

»Ich glaube, das ist Polizeibezirk Ystad.«

»Ich meine nicht den Polizeibezirk. Ich meine, in welchem Vorwahlbereich?«

»Es gehört zu Ystad.«

Wallander steckte den Zettel in die Tasche und ging. Wenn er einen Wagen gehabt hätte, wäre er schnurstracks nach Löderup hinausgefahren und hätte seinen Vater gefragt, was er mit diesem Anruf eigentlich bezweckte. Wenn er eine Antwort bekommen hätte, hätte er klipp und klar gesagt, daß es von jetzt an keinen Kontakt mehr zwischen ihnen geben würde. Keine Pokerabende, keine Telefongespräche. Wallander würde versprechen, sich bei der Beerdigung einzufinden, von der er hoffte, daß sie in nicht allzu ferner Zukunft stattfinden würde. Aber das wäre auch alles.

Wallander ging die Fiskehamnsgata entlang. Dann bog er in die Slottsgata ein und ging weiter in den Kungspark. Ich habe zwei Probleme, dachte er. Das größte und wichtigste ist Mona. Das zweite ist mein Vater. Beide Probleme muß ich so schnell wie möglich lösen.

Er setzte sich auf eine Bank und betrachtete ein paar Spatzen, die in einer Wasserpfütze badeten. Ein Betrunkener lag schlafend zwischen den Büschen. Eigentlich sollte ich ihn auf die Beine stellen, dachte Wallander. Ihn hier auf eine Bank setzen oder mich sogar darum kümmern, daß er in Gewahrsam genommen wird, um seinen Rausch auszuschlafen. Aber im Moment ist es mir völlig egal. Soll er doch da liegenbleiben.

Er stand auf und ging weiter. Verließ den Kungspark und kam auf die Regementsgata. Er hatte immer noch keinen Hunger. Dennoch blieb er an einem Wurststand am Gustav Adolfs Torg stehen und kaufte sich eine Bratwurst. Dann ging er zurück zum Polizeipräsidium.

Inzwischen war es halb zwei. Hemberg war beschäftigt. Was er selbst tun sollte, wußte er nicht. Eigentlich müßte er mit Lohman darüber sprechen, was er am Nachmittag tun sollte. Aber er ließ es bleiben. Statt dessen zog er die Listen, die Helena ihm gegeben hatte, noch einmal zu sich heran. Ging erneut die Namen durch. Versuchte, ihre Gesichter zu sehen, sich ihre Leben vorzustellen. Matrosen und Maschinisten. Am Rand standen ihre Geburtsdaten. Wallander legte die Papiere wieder fort. Vom Korridor her hörte er etwas, was wie Hohngelächter klang.

Wallander versuchte, an Hålén zu denken. Seinen Nachbarn. Der seinen Tippschein abgegeben, sich ein Extraschloß angeschafft und sich dann erschossen hatte. Alles sprach dafür, daß Hembergs Theorie sich als haltbar erweisen würde. Hålén hatte aus irgendeinem Grund Alexandra Batista getötet und sich anschließend das Leben genommen.

Hier war plötzlich Schluß. Hembergs Theorie war vollkommen logisch und nachvollziehbar. Dennoch kam es Wallander so vor, als ob sie hohl wäre. Die Schale stimmte. Aber der Inhalt? Noch immer blieb vieles unklar. Vor allem paßte es sehr schlecht zu dem Eindruck, den Wallander von seinem Nachbarn gehabt hatte. Einen leidenschaftlichen oder gewalttätigen Zug hatte Wallander an ihm nie festgestellt. Zwar konnten die zurückhaltendsten Menschen in Chaos und Gewalttätigkeit explodieren, wenn sie unter Druck gerieten, aber war es wirklich denkbar, daß Hålén die Frau, mit der er vermutlich ein Verhältnis hatte, ermorden konnte?

Etwas fehlt, dachte Wallander. Innerhalb der Schale ist es leer.

Er versuchte, noch ein Stück weiter zu denken.

Abwesend betrachtete er die Listen vor sich auf dem Tisch. Ohne richtig sagen zu können, woher der Gedanke kam, begann er plötzlich, die Geburtsdaten in der rechten Randspalte durchzugehen. Wie alt war Hålén eigentlich gewesen? Er erinnerte sich, daß er 1898 geboren war, aber an welchem Tag? Wallander rief bei der Vermittlung an und ließ sich zu Stefansson durchstellen. Der nahm sofort ab.

»Wallander hier. Ich wollte nur wissen, ob

du Håléns Geburtsdatum gerade greifbar hast.«

»Willst du ihm zum Geburtstag gratulieren?«

Der mag mich nicht, dachte Wallander. Aber die Zeit wird schon noch kommen, da ich ihm zeigen werde, daß ich ein entschieden besserer Ermittler bin als er.

»Hemberg hat mich gebeten, einer Sache nachzugehen«, log Wallander.

Stefansson legte den Hörer hin. Wallander konnte hören, daß er in Papieren blätterte.

»17. September 1898«, sagte Stefansson.

»Noch was?«

»Das war alles«, sagte Wallander und legte auf. Dann zog er die Listen wieder zu sich heran. Auf dem dritten Bogen fand er das, wonach er, mehr oder weniger bewußt, gesucht hatte. Einen Maschinisten, geboren am 17. September 1898. Anders Hansson. Die gleichen Initialen wie Artur Hålén, dachte Wallander.

Er ging den Rest der Papiere durch, um sich zu vergewissern, daß es nicht noch mehr Personen gab, die am gleichen Tag Geburtstag hatten. Er fand einen Matrosen, der am 19. September 1901 geboren worden war. Das kam am nächsten.

Wallander zog das Telefonbuch heran und schlug die Nummer des Einwohnermeldeamts nach. Weil Hålén und er im selben Haus gewohnt hatten, mußten sie auch beim selben Einwohnermeldeamt registriert sein. Er wählte die Nummer und wartete. Eine Frau nahm ab. Wallander dachte, daß er ebensogut damit fortfahren konnte, sich als Kriminalbeamter auszugeben.

»Ich heiße Wallander und rufe von der Kriminalpolizei an«, begann er. »Es handelt sich um einen Todesfall, der vor einigen Tagen eingetreten ist. Ich bin bei der Mordkommission.«

Er gab Hålens Namen, Adresse und Geburtsdatum an.

»Und was wollen Sie wissen?« fragte die Frau.

»Ob es irgendwelche Informationen darüber gibt, daß Hålén eventuell früher einen anderen Namen gehabt hat.«

»Er soll also irgendwann seinen Nachnamen geändert haben?«

Verdammt, dachte Wallander. Die Menschen ändern nicht ihre Vornamen, nur ihre Nachnamen.

»Ich sehe einmal nach«, sagte die Frau.

Ein Schlag ins Wasser, dachte Wallander. Ich reagiere, bevor ich meine Ideen gründlich genug durchdacht habe.

Er war versucht, einfach aufzulegen. Aber die Frau würde glauben, ihr Gespräch sei unterbrochen worden, und würde vielleicht im Polizeipräsidium zurückrufen. Er wartete. Es dauerte lange, bis sie zurückkam.

»Der Todesfall ist gerade erst registriert worden«, sagte sie, »deshalb hat es so lange gedauert. Aber Sie hatten recht.«

Wallander fuhr auf seinem Stuhl hoch.

»Er hieß früher Hansson. Der Namenswechsel ist 1962 vorgenommen worden.«

Richtig, dachte Wallander, und trotzdem falsch.

»Und der Vorname?« fragte er. »Wie lautet der?«

»Anders.«

»Aber es müßte Artur sein.«

Die Antwort überraschte ihn.

»Das stimmt. Er muß Eltern gehabt haben, die Vornamen liebten. Oder die sich nicht einigen konnten. Er hieß Erik Anders Artur Hansson.«

Wallander hielt den Atem an. »Dann danke ich Ihnen für Ihre Hilfe«, sagte er.

Als er aufgelegt hatte, verspürte Wallander unmittelbare Lust, sofort Hemberg zu informieren. Aber er blieb auf seinem Stuhl sitzen. Die Frage war, wieviel seine Entdeckung eigentlich wert war. Ich werde diese Sache hier selbst verfolgen, dachte er. Wenn sie zu nichts führt, dann braucht auch niemand etwas davon zu erfahren.

Wallander zog einen Kollegblock heran und erstellte eine Zusammenfassung. Was wußte er eigentlich? Artur Hålén hatte vor sieben Jahren seinen Namen geändert. Linnea Almqvist im ersten Stock hatte bei einer Gelegenheit gesagt, daß Hålén Anfang der sechziger Jahre eingezogen sei. Das konnte stimmen.

Wallander blieb mit dem Bleistift in der Hand sitzen. Dann rief er noch einmal beim Einwohnermeldeamt an. Dieselbe Frau meldete sich.

»Ich habe etwas vergessen«, entschuldigte sich Wallander. »Ich muß wissen, wann Hålén in Rosengård eingezogen ist.«

»Sie meinen Hansson«, berichtigte die Frau. »Ich sehe einmal nach.«

Diesmal ging es schneller. »Er ist am 1. Januar 1962 eingezogen.«

»Und wo wohnte er vorher?«

»Das weiß ich nicht.«

»Ich dachte, es ginge aus Ihren Unterlagen hervor.«

»Er hat im Ausland gelebt. Wo, kann ich Ihnen nicht sagen.«

Wallander nickte in den Hörer.

»Dann ist das jetzt wohl alles. Ich verspreche Ihnen, Sie nicht noch einmal zu stören.«

Er kehrte zu seinen Aufzeichnungen zurück. Hansson zieht von irgendeinem ausländischen Ort 1962 nach Malmö und ändert gleichzeitig seinen Namen. Er beginnt ein Verhältnis mit einer Frau in Arlöv. Ob sie sich von früher kannten, weiß ich nicht. Nach einigen Jahren wird sie ermordet, und Hålén begeht Selbstmord. In welcher Reihenfolge dies geschieht, ist nicht geklärt. Aber Hålén erschießt sich. Nachdem er einen Tippschein ausgefüllt, ein Zusatzschloß an seiner Tür angebracht sowie eine Reihe wertvoller Edelsteine verschluckt hat.

Wallander verzog das Gesicht. Noch immer hatte er keinen Punkt gefunden, an dem er ansetzen konnte. Warum ändert ein Mensch seinen Namen, dachte er. Um sich unsichtbar zu machen? Um unauffindbar zu sein? Damit niemand weiß, wer man ist oder wer man gewesen ist?

Wer man ist oder wer man gewesen ist?

Wallander überlegte. Niemand hatte Hålén gekannt. Er war ein einsamer Wolf. Dagegen konnte es aber Menschen geben, die einen Mann namens Anders Hansson kannten. Die Frage war nur, wie er sie finden sollte.

In diesem Augenblick fiel ihm etwas ein, was im Vorjahr passiert war und was ihm vielleicht dabei helfen konnte, einer Lösung näher zu kommen.

Eines Abends war es zu einer Schlägerei zwischen ein paar Betrunkenen unten am Fähranleger gekommen. Wallander war mit ausgerückt, um die Schlägerei zu beenden.

Einer der Beteiligten war ein dänischer Seemann namens Holger Jespersen. Nach Wallanders Auffassung war dieser unfreiwillig in die Schlägerei hineingezogen worden. Das hatte Wallander seinem Vorgesetzten auch gesagt. Er hatte darauf bestanden, daß Jespersen nichts getan habe, und sie hatten ihn laufenlassen, während die anderen zur Wache gebracht wurden. Danach hatte Wallander den Vorfall vergessen.

Aber einige Wochen später war Jespersen plötzlich vor seiner Tür in Rosengård aufgetaucht und hatte ihm eine Flasche dänischen Aquavit überreicht, als Dank für seine Hilfe. Wallander blieb unklar, wie Jespersen ihn gefunden hatte, aber er hatte ihn eingeladen. Jespersen hatte Alkoholprobleme, allerdings nur quartalsweise. Dazwischen arbeitete er auf verschiedenen Schiffen als Maschinist. Er war ein guter Geschichtenerzähler und schien jeden skandinavischen Seemann zu kennen, der in den letzten fünfzig Jahren gelebt hatte. Jespersen hatte erzählt, daß er seine Abende in einer Bar in Nyhavn verbrachte. Wenn er trocken war, trank er Kaffee, sonst Bier. Aber immer in derselben Kneipe. Wenn er sich nicht gerade irgendwo auf See befand.

Jetzt fiel er Wallander wieder ein. Jespersen weiß es, dachte er. Auf jeden Fall kann er mir einen Rat geben.

Wallander hatte seinen Entschluß bereits gefaßt. Wenn er Glück hatte, wäre Jespersen in Kopenhagen, und hoffentlich nicht mitten in einer seiner Saufperioden. Es war noch nicht drei Uhr. Den Rest des Tages würde Wallander damit verbringen, nach Kopenhagen und zurück zu fahren. Im Polizeipräsidium schien ihn niemand zu vermissen.

Doch bevor er über den Sund fuhr, mußte er noch ein Telefongespräch führen. Es war, als ob der Entschluß, nach Kopenhagen zu fahren, ihm das nötige Selbstvertrauen gegeben hätte. Er wählte die Nummer des Frisiersalons, in dem Mona arbeitete.

Die Frau, die abnahm, hieß Karin und war die Besitzerin. Wallander war ihr mehrfach begegnet. Er fand sie aufdringlich und neugierig. Mona meinte aber, sie sei eine gute Chefin. Er sagte, wer er war, und bat sie darum, Mona etwas zu bestellen.

»Sie können selbst mit ihr sprechen«, sagte Karin. »Sie hat gerade eine Kundin unter der Trockenhaube.«

»Ich sitze in einer Besprechung«, erwiderte Wallander und versuchte sehr beschäftigt zu klingen. »Bestellen Sie ihr bitte nur, daß ich mich bis spätestens zehn Uhr heute abend bei ihr melden werde.«

Karin versprach, es Mona auszurichten.

Hinterher merkte Wallander, daß ihm bei dem kurzen Gespräch der Schweiß ausgebrochen war. Aber er war trotzdem froh, daß er angerufen hatte.

Dann verließ er das Präsidium und erreichte gerade noch das Tragflügelboot um drei Uhr. In früheren Jahren war er oft in Kopenhagen gewesen. In der letzten Zeit zuweilen mit Mona. Früher meist allein. Er mochte die Stadt. So viel größer als Malmö. Manchmal besuchte er das königliche Theater, wenn es eine Opernvorstellung gab, die er sehen wollte.

Eigentlich mochte er die Flugboote nicht. Die Reise ging viel zu schnell. Die alten Fähren gaben ihm stärker das Gefühl, daß zwischen Schweden und Dänemark ein Abstand existierte. Daß er eine Auslandsreise machte, wenn er über den Sund fuhr. Er schaute aus dem Fenster, während er Kaffee trank. Eines Tages werden sie hier bestimmt eine Brücke bauen, dachte er, aber den Tag brauche ich wohl nicht mehr zu erleben.

Als Wallander in Kopenhagen ankam, hatte wieder Nieselregen eingesetzt. Das Boot legte in Nyhavn an. Jespersen hatte ihm erklärt, wo seine Stammkneipe lag, und Wallander war sehr gespannt, als er hineinging.

Es war Viertel vor vier. Er blickte sich in dem düsteren Lokal um. An den Tischen saßen vereinzelt Gäste und tranken Bier.

Irgendwo lief ein Radio. Oder war es ein Grammophon? Eine dänische Frauenstimme sang etwas, was sehr sentimental klang. Wallander konnte Jespersen an keinem der Tische entdecken. Hinter der Theke stand der Barkeeper und löste das Kreuzworträtsel in einer Zeitung, die aufgeschlagen vor ihm lag. Er blickte auf, als Wallander an den Tresen trat.

»Ein Bier«, sagte Wallander. Der Mann gab ihm ein Tuborg.

»Ich suche Jespersen«, sagte Wallander.

»Holger? Der kommt erst in einer Stunde.«
»Er ist also nicht auf See?«
Der Barkeeper lächelte. »Dann würde er wohl kaum in einer Stunde kommen. Er ist meistens so gegen fünf hier.«

Wallander setzte sich an einen Tisch und wartete. Die sentimentale Frauenstimme war jetzt von einer ebenso sentimentalen Männerstimme abgelöst worden. Wenn Jespersen gegen fünf kam, würde Wallander ohne Probleme rechtzeitig wieder in Malmö sein, um Mona noch anzurufen. Er versuchte zu überlegen, was er sagen sollte. Die Ohrfeige würde er überhaupt nicht erwähnen. Er würde ihr erzählen, warum er Helena angerufen hatte. Und er würde nicht nachgeben, bevor sie ihm glaubte.

An einem Tisch war ein Mann eingeschlafen. Der Barkeeper stand immer noch über sein Kreuzworträtsel gebeugt. Die Zeit verstrich langsam. Dann und wann ging die Tür auf, und Tageslicht fiel herein. Jemand kam und jemand ging. Wallander schaute auf die Uhr. Zehn vor fünf. Immer noch kein Jespersen. Er wurde hungrig und bekam ein paar Wurststücke auf einem Teller. Und noch ein Tuborg. Er hatte das Gefühl, daß der Barkeeper immer noch über demselben Wort brütete wie vorhin, als Wallander hereingekommen war.

Es wurde fünf Uhr. Immer noch kein Jespersen. Er kommt nicht, dachte Wallander.

Zwei Frauen traten durch die Tür. Eine von ihnen bestellte einen Schnaps und setzte sich an einen Tisch. Die andere ging hinter den Tresen. Der Barkeeper wandte sich von der Zeitung ab und begann, die Flaschen in den Regalen durchzugehen. Offensichtlich arbeitete die Frau in der Kneipe.

Es wurde zwanzig nach fünf.

Die Tür ging auf, und Jespersen kam herein. In Jeansjacke und Schlägermütze. Er ging direkt zur Theke und grüßte. Der Barkeeper stellte sofort eine Tasse Kaffee vor ihn und zeigte auf den Tisch, an dem Wallander saß. Jespersen nahm seine Kaffeetasse und grinste, als er sah, daß es Wallander war.

»Das ist aber ungewartet«, sagte er in gebrochenem Schwedisch. »Ein schwedischer Polizeibedienter in Kopenhagen.«

»Nicht Bediener«, sagte Wallander, »Kriminalpolizist.«

»Ist das nicht verdammt noch mal dasselbe?« Jespersen kicherte und tat vier Stücke Zucker in den Kaffee. »Auf jeden Fall schön, Besuch zu bekommen«, sagte er. »Ich kenne alle, die hierherkommen. Ich weiß, was sie trinken, und ich weiß, was sie sagen. Und sie wissen das alles auch über mich. Manchmal frage ich mich, warum ich nicht woanders hingehe. Aber ich glaube, das wage ich nicht.«

»Warum nicht?«

»Jemand könnte etwas sagen, was ich nicht hören will.«

Wallander war nicht sicher, ob er alles verstand, was Jespersen sagte. Teils war sein Dänisch-Schwedisch genuschelt, teils konnten seine Aussagen manchmal etwas unklar sein.

»Ich bin hergekommen, um dich zu treffen«, sagte Wallander. »Ich dachte, daß du mir vielleicht helfen kannst.«

»Jedem anderen Polizeibedienten würde ich sagen, er sollte sich zur Hölle scheren«, erwiderte Jespersen munter, »aber mit dir ist es was anderes. Was willst du denn wissen?«

Wallander erzählte in kurzen Zügen, was passiert war. »Ein Seemann, der sowohl Anders Hansson als auch Artur Hålén heißt«, schloß er. »Der als Maschinist und auch als Matrose gefahren ist.«

»Welche Reederei?«

»Sahlèn.«

Jespersen schüttelte langsam den Kopf. »Ich müßte davon gehört haben, wenn jemand den Namen gewechselt hat«, sagte er. »Ich glaube nicht, daß so etwas häufig vorkommt.«

Wallander versuchte Håléns Aussehen zu beschreiben. Gleichzeitig dachte er an die Fotografien, die er in den Seemannsbüchern gesehen hatte. Ein Mensch veränderte sich. Vielleicht hatte Hålén sein Äußeres ebenso bewußt verändert wie seinen Namen?

»Kannst du mir noch mehr sagen?« fragte Jespersen. »Außer daß er Matrose und Maschinist war, was an und für sich eine ungewöhnliche Kombination ist. Welche Häfen hat er angelaufen? Auf was für Schiffen ist er gefahren?«

»Ich glaube, er ist ziemlich häufig in Brasilien gewesen«, meinte Wallander zögernd. »Rio de Janeiro natürlich. Aber auch in einer Stadt, die São Luis heißt.«

»Nordbrasilien«, antwortete Jespersen, »ich bin einmal da gewesen. Hatte Freigang und wohnte elegant in einem Hotel, das Casa Grande hieß.«

»Viel mehr kann ich dir nicht erzählen«, sagte Wallander.

Jespersen betrachtete ihn, während er noch ein Stück Zucker in seine Kaffeetasse tat. »Jemand, der ihn kannte? Ist es das, was du wissen willst? Jemand, der Anders Hansson kannte oder Artur Hålén?«

Wallander nickte.

»Dann kommen wir im Moment nicht weiter«, sagte Jespersen, »aber ich werde mich umhören. Sowohl hier als auch in Malmö. Und jetzt gehen wir etwas essen, finde ich.«

Wallander schaute auf die Uhr. Halb sechs. Er brauchte sich nicht zu beeilen. Wenn er das Boot um neun nahm, käme er noch früh genug nach Hause, um Mona anzurufen. Außerdem hatte er Hunger. Die Wurststücke hatten ihn nicht gesättigt.

»Muscheln«, entschied Jespersen und stand auf. »Wir gehen in Anne-Birtes ›Krug‹ und essen Muscheln.«

Wallander bezahlte für seine Getränke. Weil Jespersen schon hinausgegangen war, mußte Wallander auch den Kaffee bezahlen.

Anne-Birtes »Krug« lag im unteren Teil von Nyhavn. Weil es noch früh am Abend war, hatten sie keine Probleme, einen Tisch zu finden. Muscheln waren vielleicht nicht das, worauf Wallander am meisten Appetit hatte, aber Jespersen hatte entschieden, daß es Muscheln sein sollten. Wallander trank weiter Bier, während Jespersen zu einer giftiggelben Zitronenlimonade überging.

»Ich saufe im Moment nicht«, sagte er, »aber in ein paar Wochen fange ich wieder an.«

Sie aßen, und Wallander hörte Jespersens zahlreichen und gut erzählten Geschichten aus seiner Zeit auf See zu. Kurz vor halb neun brachen sie auf.

Wallander war vorübergehend besorgt, ob er genug Geld bei sich hatte, um die Rechnung zu bezahlen, denn Jespersen sah es offensichtlich als selbstverständlich an, daß er eingeladen war. Aber es reichte.

Sie trennten sich vor dem »Krug«.

»Ich werde die Sache untersuchen«,

versprach Jespersen. »Ich lasse von mir hören.«

Wallander ging hinunter zum Fähranleger und stellte sich in die Schlange. Um Punkt neun Uhr wurden die Leinen losgeworfen. Wallander schloß die Augen und schlief sofort ein.

Er erwachte davon, daß alles um ihn her sehr still war. Das Dröhnen der Schiffsmotoren war verstummt. Verwundert blickte er sich um. Sie befanden sich ungefähr in der Mitte zwischen Dänemark und Schweden. Über den Lautsprecher kam eine Mitteilung des Kapitäns. Das Schiff hatte einen Maschinenschaden und mußte nach Kopenhagen zurückgeschleppt werden. Wallander fuhr aus seinem Sitz hoch und fragte eine der Schiffsstewardessen, ob es Telefon an Bord gäbe. Er erhielt eine negative Antwort.

»Wann kommen wir nach Kopenhagen zurück?« fragte er.

»Das wird leider ein paar Stunden dauern, aber wir laden Sie in der Zwischenzeit zu einem belegten Brot und einem Getränk Ihrer Wahl ein.«

»Ich will kein belegtes Brot«, sagte Wallander. »Ich brauche ein Telefon.«

Aber niemand konnte ihm helfen. Er wandte sich an den Steuermann, der ihm kurz und bündig erklärte, daß die Funktelefone nicht für private Gespräche benutzt werden konnten, solange sich das Schiff in einer Notsituation befand.

Wallander setzte sich wieder.

Das glaubt sie mir nie, dachte er. Ein Tragflächenboot mit Motorschaden. Das ist zuviel für sie. Jetzt geht unsere Beziehung endgültig den Bach hinunter.

Wallander erreichte Malmö um halb drei in der Nacht. Sie waren erst kurz nach Mitternacht nach Kopenhagen zurückgekommen. Da hatte er den Gedanken, Mona anzurufen, bereits aufgegeben. Als er in Malmö an Land ging, regnete es in Strömen. Weil er nicht mehr genug Geld bei sich hatte, um ein Taxi zu nehmen, mußte er den ganzen Weg nach Rosengård zu Fuß gehen. Er war gerade durch die Wohnungstür gekommen, als ihm entsetzlich übel wurde. Nachdem er sich erbrochen hatte, bekam er Fieber.

Die Muscheln, dachte er. Sag bloß nicht, daß ich jetzt wirklich eine Magenverstimmung habe.

Den Rest der Nacht verbrachte Wallander auf ständiger Wanderschaft zwischen Bett und Toilette. Immerhin fiel ihm ein, daß er gar nicht angerufen hatte, um sich gesund zu melden. Also war er immer noch krank geschrieben. Im Morgengrauen gelang es ihm endlich, ein paar Stunden zu schlafen. Aber gegen neun Uhr mußte er wieder zur Toilette. Der Gedanke daran, Mona in diesem Zustand anzurufen, war ihm unmöglich. Bestenfalls würde sie einsehen, daß er krank war.

Das Telefon schwieg. Den ganzen Tag rief niemand an.

Spät am Abend begann er sich besser zu fühlen. Aber er war so schlapp, daß er sich nichts anderes machen konnte als eine Tasse Tee. Bevor er wieder einschlief, fragte er sich, wie es Jespersen wohl ginge. Er hoffte, daß er genauso leiden mußte. Schließlich war es Jespersen gewesen, der vorgeschlagen hatte, Muscheln zu essen.

Am nächsten Morgen versuchte er, ein gekochtes Ei zu essen. Aber es endete damit, daß er wieder zur Toilette laufen mußte. Den Rest des Tages verbrachte er im Bett, merkte aber, daß es seinem Magen langsam besserging.

Kurz vor fünf am Nachmittag klingelte das Telefon. Es war Hemberg. »Ich habe nach dir gesucht«, sagte er.

»Ich liege krank im Bett«, antwortete Wallander.

»Magen-Darm-Grippe?«

»Nein, eher Muscheln.«

»Es gibt wohl kaum einen vernünftigen Menschen, der Muscheln ißt!«

»Ich habe es leider getan, und das hat sich gerächt.«

Hemberg wechselte das Thema. »Ich rufe an, um dir zu sagen, daß Jörne fertig ist«, sagte er. »Es war nicht so, wie wir gedacht haben. Hålén hat sich das Leben genommen, bevor Alexandra Batista erdrosselt wurde. Das bedeutet, daß wir diese Ermittlung einmal in eine andere Richtung drehen müssen. Es war also ein unbekannter Täter.«

»Vielleicht war alles nur Zufall«, sagte Wallander.

»Daß die Batista stirbt und Hålén sich erschießt? Mit Edelsteinen im Magen? Das kannst du jemand anderem erzählen. Aber uns fehlt ein Glied in der Kette. Der Einfachheit halber können wir sagen, daß sich ein Zweipersonendrama plötzlich in ein Dreipersonendrama verwandelt hat.«

Wallander wollte Hemberg von Håléns Namensänderung erzählen, merkte aber, daß er wieder kotzen mußte. Er entschuldigte sich.

»Wenn es dir bessergeht, dann komm morgen zu mir hoch«, sagte Hemberg. »Und denk daran, viel zu trinken. Flüssigkeit ist das einzige, was hilft.«

Nachdem er schleunigst das Gespräch beendet und einen Besuch auf der Toilette absolviert hatte, kehrte Wallander ins Bett zurück. Den Abend und die Nacht verbrachte er irgendwo im Grenzbereich zwischen Wachen und Dösen. Sein Magen hatte sich jetzt beruhigt, aber er war immer noch sehr schlapp. Er träumte von Mona und dachte an das, was Hemberg gesagt hatte. Aber es gelang ihm nicht, sich zu konzentrieren. Er konnte keinen klaren Gedanken fassen.

Am Morgen ging es ihm besser. Er machte

sich Toast und trank eine Tasse schwachen Kaffee. Der Magen rebellierte nicht. Er lüftete die Wohnung. Die Regenwolken waren weitergezogen, und es war warm geworden. Gegen Mittag rief Wallander im Damenfrisiersalon an. Wieder war Karin am Apparat.

»Können Sie Mona bestellen, daß ich heute abend anrufe?« fragte er. »Ich bin krank gewesen.«

»Ich werde es ihr ausrichten.«

Wallander konnte nicht sagen, ob ihre Stimme sarkastisch geklungen hatte. Er glaubte nicht, daß Mona besonders viel über ihr Privatleben erzählte. Zumindest hoffte er das.

Gegen ein Uhr machte Wallander sich fertig, um ins Polizeipräsidium zu fahren. Sicherheitshalber rief er vorher an und fragte, ob Hemberg da sei. Nach mehreren ergebnislosen Versuchen, ihn zu erreichen oder zumindest zu erfahren, wo er sich befand, gab Wallander auf. Er entschloß sich, einkaufen zu gehen und sich dann den Rest des Nachmittags auf das Gespräch mit Mona vorzubereiten, das nicht leicht werden würde.

Er machte sich Suppe zum Abendessen,

legte sich aufs Sofa und schaute fern. Kurz nach sieben klingelte es. Mona, dachte er. Sie hat eingesehen, daß etwas nicht stimmt, und ist hergekommen, um nach mir zu sehen. Aber als er die Tür öffnete, stand Jespersen davor.

»Deine Scheißmuscheln«, sagte Wallander wütend. »Ich bin zwei Tage lang krank gewesen.«

Jespersen sah ihn fragend an. »Ich habe nichts gemerkt«, sagte er. »Die Muscheln waren bestimmt in Ordnung.«

Wallander begriff, daß es sinnlos war, weiter über das Essen zu reden. Er ließ Jespersen herein. Sie setzten sich in die Küche.

»Hier riecht es aber komisch.«

»So riecht es eben, wenn der Bewohner fast vierzig Stunden auf der Toilette zugebracht hat.«

Jespersen schüttelte den Kopf. »Es muß was anderes gewesen sein«, sagte er, »nicht Anne-Birtes Muscheln.«

»Du bist hier«, sagte Wallander. »Das bedeutet, daß du mir etwas zu sagen hast.«

»Bißchen Kaffee wäre ganz gut«, meinte Jespersen.

»Mein Kaffee ist leider alle. Ich wußte ja nicht, daß du kommst.«

Jespersen nickte. Er war nicht sauer. »Von Muscheln kann man schon ganz schöne Schmerzen in der Wampe kriegen«, sagte er. »Aber irre ich mich total, wenn ich glaube, daß dir eigentlich etwas anderes Sorgen macht?«

Wallander blieb der Mund offenstehen. Jespersen sah geradewegs in ihn hinein, direkt ins Zentrum all seiner momentanen Schmerzen.

»Du könntest recht haben. Aber darüber möchte ich jedenfalls nicht sprechen.«

Jespersen hob beschwichtigend die Hände.

»Du bist hier«, wiederholte Wallander. »Also hast du etwas zu erzählen.«

»Habe ich dir schon einmal erzählt, wieviel Respekt ich vor eurem Präsidenten Palme habe?«

»Er ist nicht Präsident. Er ist noch nicht einmal Ministerpräsident. Außerdem bist du wohl kaum hergekommen, um mir das zu sagen.«

»Es muß trotzdem mal gesagt werden«, insistierte Jespersen. »Doch du hast recht damit, daß mich etwas anderes herführt. Wenn man in Kopenhagen wohnt, fährt man nur nach

Malmö, wenn man ein Anliegen hat. Wenn du verstehst, was ich meine.«

Wallander nickte ungeduldig. Jespersen konnte ziemlich umständlich sein. Außer, wenn er sein Seemannsgarn spann. Darin war er ein Meister.

»Ich habe ein wenig mit Freunden in Kopenhagen geredet«, fuhr Jespersen ungerührt fort. »Aber das hat nichts gebracht. Dann bin ich nach Malmö rübergefahren, und da lief es besser. Ich habe mit einem alten Elektriker geredet, der eine halbe Ewigkeit die sieben Weltmeere besegelt hat. Ljungström heißt er. Lebt jetzt im Altersheim. Den Namen des Heims habe ich vergessen. Er kann sich kaum noch auf den Beinen halten, aber seine Erinnerung ist klar.«

»Und was hat er gesagt?«

»Nichts. Aber er hat vorgeschlagen, ich soll ein bißchen mit einem Mann draußen im Freihafen reden. Und als ich den gefunden habe und nach Hansson und Hålén frage, da hat er gesagt: Die sind aber verdammt gefragt, die beiden.«

»Was hat er damit gemeint?«

»Was glaubst du? Du bist doch Polizist, du mußt doch verstehen, was normale Menschen nicht begreifen.«

»Noch mal, was hat er gesagt?«

»Daß die aber verdammt gefragt wären, die zwei.«

Wallander begriff. »Also hat noch jemand anders nach ihm gefragt.«

»Yes.«

»Und wer?«

»Er kannte den Namen nicht. Aber er hat behauptet, es war ein Typ, der ein bißchen heruntergekommen gewirkt hat. Unrasiert, schlecht gekleidet, nicht nüchtern.«

»Und wann ist das gewesen?«

»Vor einem Monat.«

Ungefähr zu der Zeit, als Hålén sein Zusatzschloß hat einbauen lassen, dachte Wallander. »Und er wußte nicht, wie der Mann hieß? Kann ich selber mit ihm reden? Wie heißt er?«

»Er will nicht mit Polizisten reden.«

»Warum nicht?«

Jespersen zuckte mit den Schultern. »Du weißt doch, wie das in einem Hafen ist.

Schnapskisten gehen zufällig kaputt. Der eine oder andere Kaffeesack fehlt plötzlich.«

Wallander hatte von so was reden hören.

»Aber ich habe mich noch ein bißchen weiter umgehört«, sagte Jespersen. »Und wenn ich richtig verstanden habe, gibt es da so ein paar wilde Typen, die sich ab und zu treffen und sich die eine oder andere Flasche teilen. In diesem Park da, mitten in der Stadt. Ich habe jetzt den Namen vergessen. Etwas mit P.«

»Pildammspark?«

»Genau der. Übrigens hat der Typ, der nach Hålén und Hansson gefragt hat, ein hängendes Lid.«

»Welches Auge?«

»Es dürfte nicht schwer zu erkennen sein, wenn du ihn findest.«

»Er hat also nach Hålén oder Hansson gefragt. Vor ungefähr einem Monat. Und er treibt sich im Pildammspark herum?«

»Ich dachte, wir könnten versuchen, ihn aufzutreiben, bevor ich zurückfahre«, sagte Jespersen, »und vielleicht sehen wir ja unterwegs ein Café.«

Wallander schaute auf die Uhr. Halb acht.

»Heute abend geht es nicht. Ich bin verabredet.«

»Na, dann fahre ich zurück nach Kopenhagen. Und rede mit Anne-Birte über ihre Muscheln.«

»Es kann auch etwas anderes gewesen sein«, meinte Wallander.

»Genau das werde ich Anne-Birte auch sagen.«

Sie waren in den Flur hinausgegangen. »Vielen Dank, daß du gekommen bist«, sagte Wallander, »und danke für deine Hilfe.«

»Keine Ursache«, erwiderte Jespersen. »Wenn du nicht gewesen wärst, hätte ich damals, als diese Kerle die Schlägerei angefangen haben, Strafe zahlen müssen und bestimmt noch Ärger gekriegt.«

»Bis bald«, sagte Wallander. »Aber Muscheln essen wir keine mehr!«

»Muscheln essen wir keine mehr«, sagte Jespersen und ging.

Wallander kehrte in die Küche zurück und machte sich Notizen über das, was er gerade gehört hatte. Jemand hatte nach Hålén oder Hansson gesucht. Das war vor einem Monat gewesen. Zur gleichen Zeit hatte Hålén ein zusätzliches Schloß in seine Tür einbauen lassen. Der Mann, der sich nach Hålén erkundigen wollte, hatte ein herabhängendes Lid, schien auf die eine oder andere Weise ein Herumtreiber zu sein und hielt sich möglicherweise im Pildammspark auf.

Wallander legte den Stift beiseite. Auch hierüber werde ich mit Hemberg sprechen müssen, dachte er. Jetzt ist es tatsächlich eine richtige Spur.

Dann fiel Wallander ein, daß er Jespersen hätte bitten sollen, auch danach zu fragen, ob einer seiner Bekannten einmal von einer Frau namens Alexandra Batista hatte reden hören.

Es ärgerte ihn, daß ihm ein solches Versäumnis unterlaufen war. Ich denke unvollständig, sagte er zu sich selbst. Ich mache vollkommen unnötige Fehler.

Es war inzwischen Viertel vor acht geworden. Wallander ging in seiner Wohnung auf und ab. Er war rastlos, obwohl sein Magen wieder in Ordnung war. Er überlegte, ob er seinen Vater unter der neuen Telefonnummer draußen in Löderup anrufen sollte. Aber es bestand die Gefahr, daß sie sich wieder streiten würden. Es reichte mit Mona.

Damit die Zeit verging, machte er einen Spaziergang um den Block. Der Sommer war gekommen.

Es war ein warmer Abend.

Er fragte sich, was nun aus der geplanten Reise nach Skagen würde.

Um halb neun war er zurück in seiner Wohnung. Er setzte sich an den Küchentisch und legte die Armbanduhr vor sich hin. Ich benehme mich wie ein Kind, dachte er. Aber im Moment weiß ich wirklich nicht, wie ich es ändern könnte.

Als es neun Uhr war, rief er an. Mona antwortete sofort.

»Bevor du wieder auflegst, würde ich gerne was erklären«, begann Wallander.

»Wer hat denn gesagt, daß ich vorhabe, wieder aufzulegen?«

Wallander war verwirrt. Er hatte sich so gut vorbereitet und genau gewußt, was er sagen wollte. Statt dessen redete jetzt sie.

»Ich glaube dir, daß du alles erklären kannst«, sagte sie, »aber im Moment interessiert mich das nicht. Ich finde, wir sollten uns treffen und miteinander reden.«

»Jetzt?«

»Nicht heute abend, aber morgen. Wenn du kannst.«

»Ich kann.«

»Dann komme ich morgen abend zu dir nach Hause. Aber nicht vor neun. Meine Mutter hat morgen Geburtstag, und ich habe versprochen, sie zu besuchen.«

»Ich kann Abendessen machen.«

»Das ist nicht nötig.«

Wallander begann noch einmal von vorn mit seinen vorbereiteten Erklärungen, aber sie unterbrach ihn.

»Wir reden morgen darüber«, sagte sie, »nicht jetzt. Nicht am Telefon.«

Das Gespräch hatte weniger als eine Minute gedauert. Nichts war so gelaufen, wie Wallander es sich gedacht hatte. Es war ein Gespräch, von dem er kaum zu träumen gewagt hätte. Auch wenn da ein Unterton war, der nichts Gutes verhieß.

Die Vorstellung, den Rest des Abends zu Hause zu sitzen, machte ihn ruhelos. Es war erst Viertel nach neun. Nichts hindert mich daran, einen Spaziergang durch den Pildammspark zu machen, dachte er. Vielleicht sehe ich sogar einen Mann mit herabhängendem Lid.

In einem der Bücher in seinem Regal lagen hundert Kronen in kleinen Scheinen. Wallander steckte sie in die Tasche, zog die Jacke an und verließ die Wohnung. Es war windstill und immer noch warm. Während er zur Bushaltestelle ging, summte er eine Melodie aus einer Oper. ›Rigoletto‹. Er sah den Bus kommen und begann zu laufen.

Als er zum Pildammspark hinunterkam, begann er sich zu fragen, ob es wirklich eine so gute Idee war. Der Park war groß. Außerdem suchte er genaugenommen nach einem möglichen Mörder. Ihm klang noch Hembergs absolutes Verbot in den Ohren, allein zu agieren. Aber ich kann ja zumindest einen Spaziergang machen, dachte er. Ich trage keine Uniform. Niemand weiß, daß ich Polizist bin. Ich bin nur ein Mann, der spazierengeht und seinen unsichtbaren Hund ausführt.

Wallander schlenderte einen der Parkwege entlang. Unter einem Baum saß eine Gruppe

Jugendlicher. Jemand spielte Gitarre. Wallander sah ein paar Weinflaschen. Er fragte sich, wie viele Gesetzesverstöße diese Jugendlichen gerade begingen. Lohman hätte mit Sicherheit sofort eingegriffen. Aber Wallander ging einfach weiter. Vor ein paar Jahren hätte er selbst noch einer von denen sein können, die da unter dem Baum saßen. Aber jetzt war er Polizist und mußte statt dessen Leute festnehmen, die in der Öffentlichkeit Schnaps und Wein tranken. Er schüttelte den Kopf bei diesem Gedanken. Er konnte es kaum erwarten, endlich bei der Kriminalpolizei anzufangen. Er war nicht Polizist geworden, um gegen Jugendliche vorzugehen, die an einem der ersten warmen Sommerabende Gitarre spielten und Wein tranken. Sondern um die wirklich großen Verbrecher zu fassen, die Gewaltverbrechen oder grobe Eigentumsdelikte begingen oder Rauschgift schmuggelten.

Er ging weiter in das Parkinnere hinein. In einiger Entfernung rauschte der Verkehr. Zwei Jugendliche gingen eng umschlungen an ihm vorbei. Wallander dachte an Mona. Es würde sich alles wieder einrenken lassen. Bald würden sie nach Skagen fahren. Und er würde nie mehr zu spät zu einer Verabredung kommen.

Wallander blieb stehen. Auf einer Bank, nicht weit von ihm entfernt, saßen ein paar Leute und tranken Schnaps. Einer von ihnen riß an der Leine eines Schäferhundes, der nicht stilliegen wollte. Wallander näherte sich langsam. Die Männer schienen sich nicht um ihn zu kümmern. Wallander konnte nicht erkennen, ob einer von ihnen ein herabhängendes Lid hatte.

Plötzlich kam einer der Männer hoch und baute sich auf schwankenden Beinen vor Wallander auf. Er war sehr kräftig. Die Muskeln schwollen unter seinem Hemd, das bis zum Bauch aufgeknöpft war. »Ich brauch 'nen Zehner«, nuschelte er.

Wallander wollte zuerst nein sagen. Zehn Kronen waren eine Menge Geld. Aber dann überlegte er es sich anders.

»Ich suche einen Kumpel«, sagte er. »Ein Typ mit einem herabhängenden Lid.«

Wallander rechnete nicht damit, daß er Glück haben würde. Um so verblüffter war er, als er eine Antwort bekam, die er nicht erwartet hatte.

»Rune is nicht hier. Weiß der Teufel, wohin er verschwunden is.«

»Genau«, sagte Wallander, »Rune.«

»Wer bist du denn, verdammich?« fragte der Mann, der schwankend vor ihm stand.

»Ich heiße Kurt«, antwortete Wallander. »Bin 'n alter Kumpel von Rune.«

»Hab dich hier noch nie gesehen.«

Wallander gab ihm einen Zehner. »Sag Rune Bescheid, wenn du ihn siehst«, sagte er. »Sag, Kurt ist hiergewesen. Weißt du übrigens, wie Rune mit Nachnamen heißt?«

»Ich weiß nicht mal, ob er überhaupt einen Nachnamen hat. Rune is Rune.«

»Und wo wohnt er?«

Der Mann hörte einen Augenblick zu schwanken auf. »Ich dachte, ihr wärt Kumpel. Dann mußt du doch wissen, wo er wohnt.«

»Er zieht ziemlich oft um.«

Der Mann wandte sich an die übrigen, die auf der Bank saßen.

»Weiß einer von euch, wo Rune jetzt wohnt?«

Das Gespräch, das sich anschloß, war äußerst wirr. Es dauerte lange, bis sie sich einigten, um welchen Rune es eigentlich ging. Dann gab es unterschiedliche Meinungen dazu, wo Rune momentan wohnte. Ob er überhaupt eine Adresse hatte.

Wallander wartete. Der Schäferhund neben der Bank bellte ununterbrochen. Der Mann mit den Muskeln kam zurück.

»Wir wissen nicht, wo Rune wohnt«, sagte er. »Aber wir können ihm sagen, daß Kurt hiergewesen is.«

Wallander nickte und ging schnell davon. Natürlich konnte er sich irren. Mehr als ein Mensch konnte ein hängendes Lid haben. Dennoch war er sicher, daß er auf der richtigen Spur war. Er dachte, daß er sofort Kontakt zu Hemberg aufnehmen und vorschlagen sollte, den Park zu bewachen. Vielleicht hatte die Polizei bereits einen Mann mit einem herabhängenden Lid in ihrer Kartei?

Aber Wallander fühlte sich plötzlich unsicher. Er ging zu schnell vor. Zuerst müßte er ein ordentliches Gespräch mit Hemberg führen. Er würde von der Namensänderung erzählen und davon, was Jespersen gesagt hatte. Dann mußte Hemberg entscheiden, ob dies eine Spur war oder nicht.

Mit dem Gespräch mit Hemberg würde Wallander bis zum nächsten Tag warten.

Er verließ den Park und nahm den Bus nach Hause.

Er war immer noch müde und erschöpft nach der Magenverstimmung und schlief schon vor Mitternacht ein.

Am nächsten Tag erwachte Wallander ausgeschlafen schon um sieben Uhr. Nachdem er festgestellt hatte, daß sein Magen wieder ganz in Ordnung war, trank er eine Tasse Kaffee. Dann wählte er die Telefonnummer, die er von dem Mädchen in der Anmeldung des Polizeipräsidiums bekommen hatte. Er mußte es lange klingeln lassen, bis sein Vater abnahm.

»Bist du das?« fragte der Vater brüsk. »Ich habe in dem ganzen Durcheinander das Telefon nicht gefunden.«

»Warum rufst du im Präsidium an und gibst dich als entfernter Verwandter aus? Du kannst doch verdammt noch mal sagen, daß du mein Vater bist!«

»Ich will nichts mit der Polizei zu tun haben«, entgegnete der Vater. »Warum kommst du nicht her und besuchst mich?«

»Ich weiß ja nicht einmal, wo du wohnst. Kristina hat es nur ungefähr beschrieben.«

»Du bist nur zu faul, es herauszufinden.«

Wallander sah ein, daß das Gespräch aus dem Ruder gelaufen war. Am besten war es jetzt, es so schnell wie möglich zu beenden.

»Ich komme in ein paar Tagen hinaus«, sagte er. »Ich rufe vorher an, und dann erklärst du mir den Weg. Wie fühlst du dich?«

»Gut.«

»Ist das alles? Gut?«

»Es ist ein bißchen durcheinander hier. Aber wenn ich erst alles aufgeräumt habe, dann wird es ausgezeichnet. Ich habe ein schönes Atelier draußen in einem alten Stall.«

»Ich komme«, versprach Wallander.

»Das glaube ich erst, wenn du hier vor mir stehst«, sagte der Vater. »Polizisten kann man selten trauen.«

Wallander beendete das Gespräch. Es kann sein, daß er noch zwanzig Jahre lebt, dachte er resigniert. Und ich werde mich die ganze Zeit mit ihm herumschlagen müssen. Ich werde ihn nicht los. Vielleicht sollte ich das endlich einsehen. Und wenn er jetzt schon ein Griesgram ist, wird es mit den Jahren nur noch schlimmer und schlimmer.

Wallander aß mit neuerwachtem Appetit ein paar belegte Brote und nahm dann den Bus zum Polizeipräsidium.

Kurz nach acht klopfte er an Hembergs halbgeöffnete Tür. Er bekam ein Brummen zur Antwort und trat ein. Ausnahmsweise hatte Hemberg einmal nicht die Füße auf dem Tisch. Er stand am Fenster und blätterte in einer Morgenzeitung.

Als Wallander eintrat, musterte Hemberg ihn amüsiert. »Muscheln«, sagte er, »davor sollte man sich in acht nehmen. Die saugen den ganzen Dreck in sich auf, der im Wasser ist.«

»Es kann ja auch etwas anderes gewesen sein«, antwortete Wallander ausweichend. Hemberg legte die Zeitung fort und setzte sich.

»Ich muß mit dir reden«, sagte Wallander. »Und es wird mehr als fünf Minuten dauern.«

Hemberg nickte zum Stuhl hin.

Wallander erzählte von seiner Entdeckung,

daß Hålén vor einigen Jahren den Namen geändert hatte. Er merkte, daß Hemberg aufhorchte. Danach berichtete er von seinem Gespräch mit Jespersen, dem Besuch am Abend zuvor und dem Spaziergang durch den Pildammspark.

»Ein Mann, der Rune heißt«, schloß er. »Der keinen Nachnamen, aber ein hängendes Lid hat.«

Hemberg dachte schweigend nach. »Kein Mensch ist ohne Nachnamen«, sagte er dann. »Und so viele Menschen mit einem hängenden Lid als besonderes Kennzeichen kann es in einer Stadt wie Malmö nicht geben.«

Dann runzelte er die Stirn. »Ich habe dir schon einmal gesagt, du sollst nicht auf eigene Faust agieren. Du hättest schon gestern abend mit mir oder mit jemand anderem Kontakt aufnehmen müssen. Wir hätten die Typen, die du im Park getroffen hast, hergeholt. Bei einem gründlichen Verhör nach einer Nacht in der Ausnüchterungszelle pflegen sich die Leute bestens zu erinnern. Hast du dir aufgeschrieben, wie diese Männer hießen?«

»Ich habe nicht gesagt, daß ich Polizist bin.

Ich habe mich als Kumpel von Rune ausgegeben.«

Hemberg schüttelte den Kopf. »So kannst du nicht weitermachen«, sagte er. »Wir agieren offen, solange es nicht gute Gründe für das Gegenteil gibt.«

»Er hat mich um Geld angehauen«, verteidigte sich Wallander, »sonst wäre ich einfach vorbeigegangen.«

Hemberg schaute Wallander forschend an. »Was hast du denn im Pildammspark gemacht?«

»Ich bin spazierengegangen.«

»Du hast also nicht auf eigene Faust ermittelt?«

»Ich mußte mich nach meiner Magenverstimmung ein bißchen bewegen.«

Hembergs Gesicht verriet starke Skepsis. »Es war mit anderen Worten Zufall, daß du den Pildammspark gewählt hast?«

Wallander antwortete nicht. Hemberg stand auf.

»Ich setze ein paar Leute auf die Geschichte an. Gerade im Moment müssen wir auf möglichst breiter Front vorgehen. Ich hätte gedacht, daß es Hålén war, der Batista getötet hat. Aber man irrt sich manchmal. Und dann heißt es nur, einen Strich drunterzuziehen und von vorn anzufangen.«

Wallander verließ Hembergs Zimmer und ging ein Stockwerk tiefer. Er hoffte, nicht auf Lohman zu stoßen. Aber es war fast, als hätte sein Vorgesetzter ihm aufgelauert. Er kam geradewegs aus einem Besprechungszimmer auf ihn zu.

»Ich habe mich schon gefragt, wo du bleibst«, sagte er.

»Ich war krank geschrieben«, erwiderte Wallander.

»Aber man hat dich doch hier im Haus gesehen.«

»Jetzt bin ich ja wieder gesund«, sagte Wallander. »Ich hatte mir den Magen verdorben. Muscheln.«

»Du bist heute für die Fußstreife eingeteilt«, sagte Lohman. »Rede mit Håkansson.«

Wallander ging in das Zimmer, in dem die Ordnungspolizisten ihre Dienstanweisungen entgegennahmen. Håkansson, der groß und dick war und ständig schwitzte, saß an einem Tisch und blätterte in einer Illustrierten.

Er blickte auf, als Wallander hereinkam. »Innenstadt«, sagte er. »Wittberg fängt um neun an und hört um drei auf. Du gehst mit.«

Wallander nickte und ging zum Umkleideraum. Aus seinem Schrank holte er die Uniform und zog sich um. Gerade als er fertig war, kam Wittberg herein. Er war dreißig Jahre alt und sprach ständig von seinem Traum, eines Tages einen Rennwagen zu fahren. Um Viertel nach neun verließen sie das Polizeipräsidium.

»Wenn es warm ist, ist es immer ruhig«, sagte Wittberg. »Also, vielleicht wird es ein angenehmer Tag.«

Der Tag war wirklich sehr ruhig gewesen. Als Wallander um kurz nach drei die Uniform in seinen Spind hängte, hatten sie nicht einmal eingegriffen. Abgesehen davon, daß sie einen Radfahrer angehalten hatten, der auf der falschen Straßenseite gefahren war.

Um vier Uhr war Wallander nach Hause gekommen. Unterwegs hatte er Lebensmittel eingekauft. Es konnte sein, daß Mona ihre

Pläne geändert hatte und daß sie trotz allem hungrig sein würde, wenn sie kam.

Um halb fünf hatte er geduscht und sich umgezogen. Noch immer waren es viereinhalb Stunden, bis Mona kommen würde. Nichts hindert mich daran, noch einen Spaziergang im Pildammspark zu machen, dachte Wallander. Nicht, wenn ich mit meinem unsichtbaren Hund unterwegs bin.

Gleichzeitig zögerte er.

Hemberg hatte ihm ausdrückliche Order erteilt.

Trotzdem machte sich Wallander auf den Weg. Um halb sechs ging er den gleichen Parkweg entlang wie am Abend zuvor. Die Jugendlichen, die Gitarre gespielt und Wein getrunken hatten, waren fort. Die Bank, auf der die betrunkenen Männer gesessen hatten, war auch leer. Wallander beschloß, noch eine Viertelstunde weiterzugehen, dann würde er nach Hause zurückkehren. Er ging einen Abhang hinunter, blieb eine Weile stehen und sah den Enten auf dem großen Teich zu. Von irgendwoher hörte er Vogelgezwitscher. Die Bäume dufteten intensiv nach Frühsommer. Ein älteres Paar ging vorbei. Wallander hörte, daß sie von irgend jemandes armer Schwester sprachen. Wessen Schwester es war und warum sie arm dran war, konnte er nicht mehr hören.

Er wollte schon umkehren und denselben Weg zurückgehen, als er zwei Personen im Schatten eines Baumes auf dem Boden sitzen sah. Ob sie betrunken waren oder nicht, konnte er nicht erkennen. Einer der Männer erhob sich. Sein Gang war unsicher. Sein Kumpel saß unter dem Baum und war eingenickt. Sein Kinn lag auf der Brust. Wallander ging näher heran, aber er konnte nicht sagen, ob er ihn am Abend vorher gesehen hatte. Der Mann war schäbig gekleidet, und zwischen seinen Füßen lag eine leere Wodkaflasche.

Wallander bückte sich und versuchte sein Gesicht zu erkennen. Im gleichen Augenblick hörte er Schritte auf dem Kiesweg hinter sich. Als er sich umwandte, standen zwei Mädchen da. Die eine von ihnen erkannte er wieder, ohne jedoch sagen zu können, wo er sie schon einmal gesehen hatte.

»Einer von diesen Scheißbullen«, sagte das

Mädchen, »die mich bei der Demonstration geschlagen haben.«

Da wußte Wallander wieder, wer sie war. Das Mädchen, das ihn in der vorigen Woche in dem Café beschimpft hatte.

Wallander erhob sich. Im gleichen Augenblick sah er im Gesicht des anderen Mädchens, daß etwas hinter seinem Rücken passierte. Er wandte sich schnell um.

Der Mann, der gegen den Baum gelehnt gesessen hatte, hatte nicht geschlafen. Jetzt stand er auf.

Er hatte ein Messer in der Hand.

Dann ging alles sehr schnell. Später konnte Wallander sich nur daran erinnern, daß die Mädchen aufgeschrien hatten und weggelaufen waren. Wallander hatte die Arme zum Schutz erhoben, aber es war zu spät. Es gelang ihm nicht, den Stoß zu parieren.

Das Messer traf ihn mitten in die Brust.

Es war, als würde ein warmes Dunkel ihn umfangen und schlüge über ihm zusammen.

Schon bevor er auf dem Kiesweg zusammensackte, hatte sein Bewußtsein aufgehört zu registrieren, was geschah.

Dann war alles nur noch Nebel. Ein dickflüssiges Meer, in dem alles weiß und schweigend war.

Wallander lag vier Tage in tiefer Bewußtlosigkeit. Er mußte sich zwei komplizierten Operationen unterziehen. Das Messer hatte sein Herz gestreift. Aber er überlebte. Und langsam kehrte er aus dem Nebel zurück. Als er schließlich am Morgen des fünften Tages die Augen aufschlug, wußte er nicht, was passiert war oder wo er sich befand.

Aber neben dem Bett war ein Gesicht, das er erkannte. Ein Gesicht, das alles bedeutete.

Monas Gesicht.

Und sie lächelte.

Epilog

Eines Tages Anfang September, als Wallander von dem Arzt, der ihn untersucht hatte, den Bescheid bekam, daß er eine Woche später wieder arbeiten könne, rief er Hemberg an. Später am Nachmittag kam Hemberg hinaus zu Wallanders Wohnung in Rosengård. Sie trafen sich im Treppenhaus. Wallander war gerade unten gewesen und hatte den Müll hinausgebracht.

»Hier hat es angefangen«, sagte Hemberg und nickte zu Håléns Tür.

»Es ist noch kein neuer Mieter eingezogen«, sagte Wallander. »Die Möbel stehen noch drinnen. Die Brandschäden sind noch nicht behoben. Jedesmal, wenn ich gehe oder nach Hause komme, habe ich das Gefühl, daß es nach Rauch riecht.«

Sie setzten sich in Wallanders Küche und tranken Kaffee. Der Septembertag war ungewöhnlich kühl. Hemberg trug einen dicken Pullover unter seinem Mantel. »Der Herbst kommt früh dies Jahr«, sagte er.

»Ich habe gestern meinen Vater besucht«, sagte Wallander. »Er ist aus der Stadt hinaus nach Löderup gezogen. Es ist schön dort draußen auf der Ebene.«

»Wie man sich freiwillig mitten in dem Lehm da draußen ansiedeln kann, das übersteigt meinen Verstand«, erwiderte Hemberg abweisend. »Dann kommt der Winter und alles schneit ein.«

»Ihm scheint es gutzugehen«, meinte Wallander. »Außerdem glaube ich nicht, daß er sich viel aus dem Wetter macht. Er malt von morgens bis abends seine Bilder.«

»Ich wußte nicht, daß dein Vater Künstler ist.«

»Er malt die ganze Zeit dasselbe Motiv«, sagte Wallander. »Eine Landschaft. Mit oder ohne Auerhahn.«

Er stand auf. Hemberg folgte ihm ins Zimmer, wo das Bild an der Wand hing.

»Einer von meinen Nachbarn hat so eins«, sagte Hemberg. »Sie scheinen populär zu sein.«

Sie kehrten in die Küche zurück.

»Du hast alle Fehler gemacht, die man nur machen kann«, sagte Hemberg. »Aber das habe ich dir ja schon gesagt. Man ermittelt nicht auf eigene Faust. Man greift nicht ein, wenn man nicht mindestens zu zweit ist. Es fehlten nur ein paar Zentimeter, dann wärst du tot gewesen. Ich hoffe, du hast etwas gelernt. Zumindest, wie man sich nicht verhält.«

Wallander antwortete nicht. Hemberg hatte natürlich recht.

»Aber du bist hartnäckig gewesen«, fuhr Hemberg fort. »Du warst derjenige, der herausgefunden hat, daß Hålén seinen Namen geändert hatte. Wir hätten es natürlich auch herausgefunden, früher oder später. Wir hätten auch Rune Blom gefunden. Aber du hast richtig gedacht, und du hast logisch gedacht.«

»Ich habe dich angerufen, weil ich neugierig war«, sagte Wallander. »Da ist so vieles, was ich noch gar nicht weiß.«

Rune Blom hatte gestanden. Und aufgrund kriminaltechnischer Beweise konnte ihm auch der Mord an Alexandra Batista nachgewiesen werden.

»Das Ganze begann 1954«, erzählte Hemberg. »Blom ist sehr ausführlich gewesen. Hålén, oder Hansson, wie er damals hieß, und er hatten der Besatzung eines Schiffes angehört, das Brasilien angelaufen hatte. In São Luis waren sie bei irgendeiner Gelegenheit an die Edelsteine gekommen. Er behauptet, daß sie sie für einen Spottpreis von einem betrunkenen Brasilianer gekauft hätten, der ihren richtigen Wert nicht kannte. Das taten sie aber vermutlich auch nicht. Ob sie sie nun gestohlen oder tatsächlich gekauft haben, werden wir wohl nie erfahren. Sie beschlossen, den Schatz zu teilen. Aber dann landete Blom wegen Totschlags in einem brasilianischen Gefängnis, und diese Gelegenheit machte Hålén sich zunutze. Er war es, der die Steine verwahrte. Er änderte seinen Namen, versteckte sich hier in Malmö und traf die Batista. Er rechnete damit, daß Blom den Rest seines Lebens im brasilianischen Gefängnis verbringen würde. Aber Blom wurde schließlich entlassen und begann, nach Hålén zu suchen. Irgendwie erfuhr Hålén, daß Blom in Malmö aufgetaucht war. Er bekam es mit der Angst zu tun und ließ ein zweites Schloß an seiner Tür anbringen. Aber er besuchte weiterhin seine Freundin Batista. Blom beobachtete ihn. Er behauptet, Hålén habe am gleichen Tag Selbstmord begangen, an dem er, Blom, entdeckt hatte, wo Hålén wohnte. Offenbar reichte das aus, um Hålén in solche Angst zu versetzen, daß er nach Hause ging und sich erschoß. Aber eigenartig ist es schon. Warum gab er Blom nicht einfach die Steine? Warum die Steine schlucken und sich erschießen? Was für ein Sinn liegt darin, so gierig zu sein, daß man es vorzieht zu sterben, anstatt etwas wegzugeben, was doch bloß Geld wert ist?«

Hemberg trank einen Schluck Kaffee und schaute nachdenklich aus dem Fenster. Es regnete.

»Den Rest weißt du«, fuhr er fort. »Blom fand keine Edelsteine. Er vermutete, daß sie bei Alexandra Batista waren. Weil er sich als Freund von Hålén vorstellte, ließ sie ihn herein, ohne Verdacht zu schöpfen. Doch auch sie hatte die Steine nicht, und Blom brachte sie um. Er ist eine gewalttätige Natur. Das hat er schon früher unter Beweis gestellt. Wenn er trinkt, kann er äußerst brutal werden. Er hat mehrere

Vorstrafen wegen schwerer Körperverletzung abgesessen. Dazu kommt noch der Totschlag in Brasilien. Diesmal mußte Alexandra Batista dran glauben.«

»Warum hat er sich die Mühe gemacht, zurückzukehren und die Wohnung anzuzünden? War das nicht riskant?«

»Er hat keine andere Erklärung dafür gegeben, als daß er wütend war, weil die Edelsteine verschwunden waren. Und ich glaube ihm. Blom ist ein unangenehmer Zeitgenosse. Anderseits fürchtete er vielleicht auch, daß sein Name irgendwo auf einem Zettel in der Wohnung zu finden sein könnte. Das hatte er noch nicht im Detail nachprüfen können, als du ihn überrascht hast. Aber natürlich ist er mit dem Brand ein Risiko eingegangen. Er hätte ja entdeckt werden können.«

Wallander nickte. Jetzt war ihm das meiste klar.

»Eigentlich ein ekelhafter kleiner Scheißmord. Und ein habgieriger Alter, der sich umbringt«, sagte Hemberg. »Wenn du zur Kriminalpolizei kommst, wirst du so etwas häufig erleben. Nie auf die gleiche Art und Weise.

Aber immer mit ungefähr dem gleichen Grundmotiv.«

»Das wollte ich schon fragen«, sagte Wallander. »Ich sehe ein, daß ich viele Fehler gemacht habe.«

»Nun mach dir deswegen nicht ins Hemd«, sagte Hemberg kurz. »Du fängst am 1. Oktober bei uns an. Aber nicht früher.«

Wallander hatte richtig gehört. Insgeheim jubelte er. Aber er ließ sich nichts anmerken, sondern nickte nur.

Hemberg blieb noch eine Weile sitzen. Dann verschwand er in den Regen hinaus. Wallander stand am Fenster und sah ihn in seinem Wagen davonfahren. Zerstreut befühlte er die Narbe an seiner Brust.

Plötzlich fiel ihm etwas ein, was er gelesen hatte. In welchem Zusammenhang, wußte er nicht mehr.

Zu leben hat seine Zeit, zu sterben hat seine Zeit.

Ich bin davongekommen, dachte er. Ich habe Glück gehabt.

Er nahm sich vor, diese Worte nie wieder zu vergessen.

Zu leben hat seine Zeit, zu sterben hat seine Zeit.

Diese Worte würden von nun an seine persönliche Beschwörungsformel sein.

Der Regen trommelte gegen die Scheibe.

Um kurz nach acht kam Mona.

An diesem Abend sprachen sie lange darüber, daß sie im nächsten Sommer die Reise nach Skagen machen wollten, aus der diesmal nichts geworden war.

»Ein Meister des inszenierten Todesfalls.«
Die Welt

Ystad, Schweden, 2002: Wallander fühlt sich ausgebrannt. Dass seine Tochter und Kollegin Linda noch bei ihm wohnt, macht seine Laune nicht besser. Von einem Haus im Grünen erhofft er sich Erholung, dann aber findet er dort eine skelettierte Hand, und den Kommissar erwartet ein neuer Fall. Die Frauenleiche, die zu der Hand gehört, wurde schon vor rund sechzig Jahren vergraben. Diese packende neue Wallander-Geschichte ist ein Leckerbissen für Krimi-Leser.

Aus dem Schwedischen von Wolfgang Butt
144 Seiten. Gebunden
www.zsolnay.at